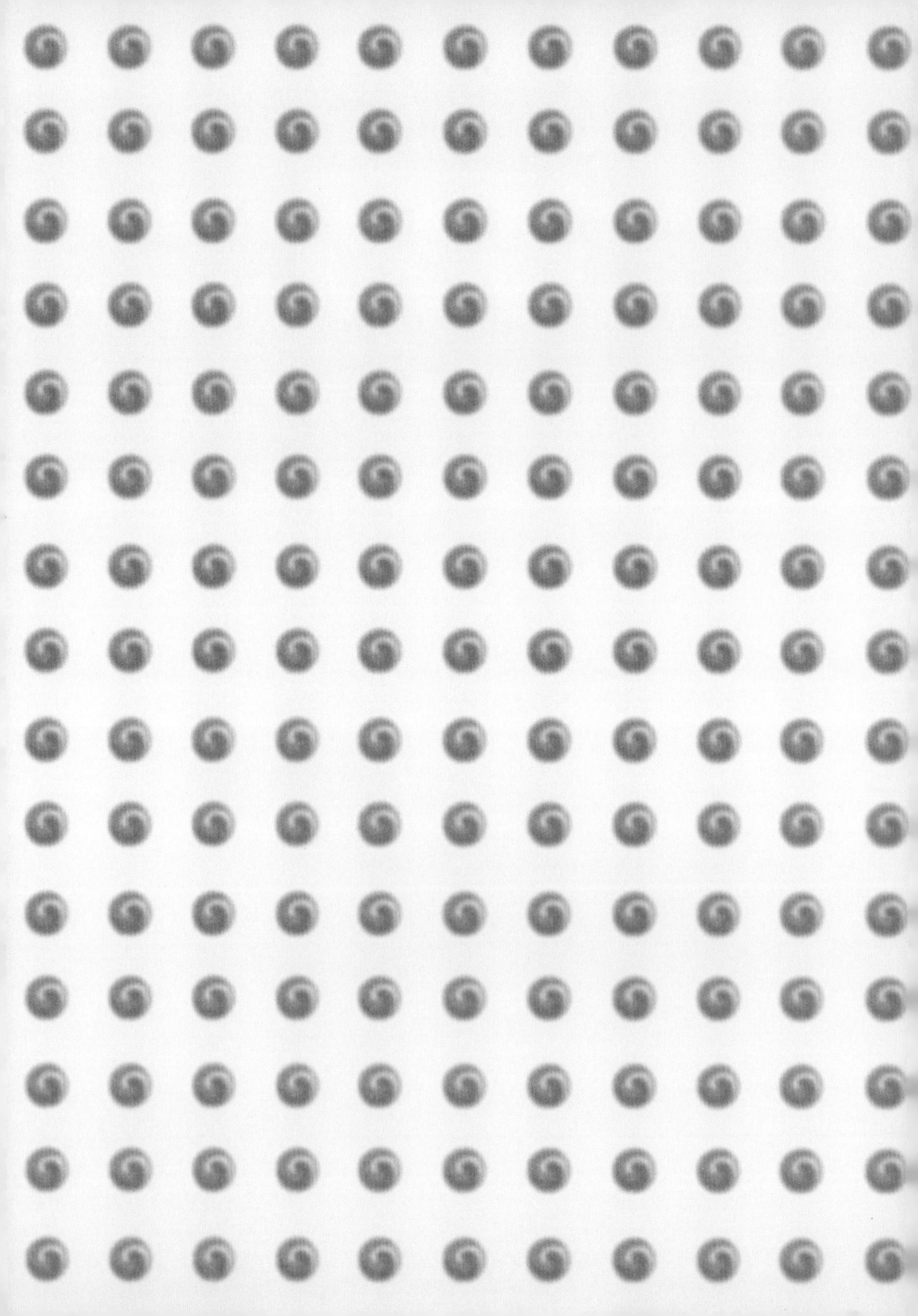

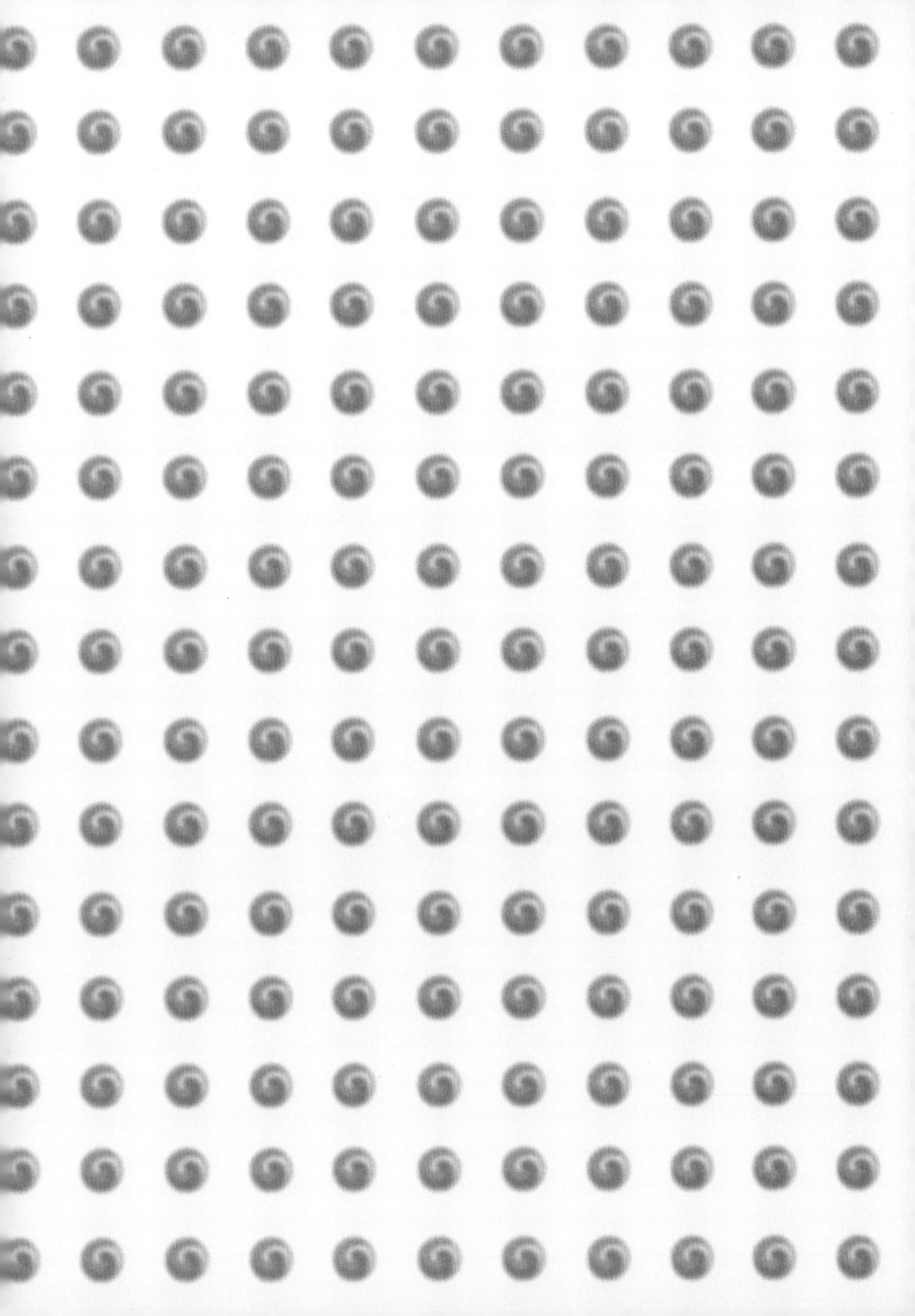

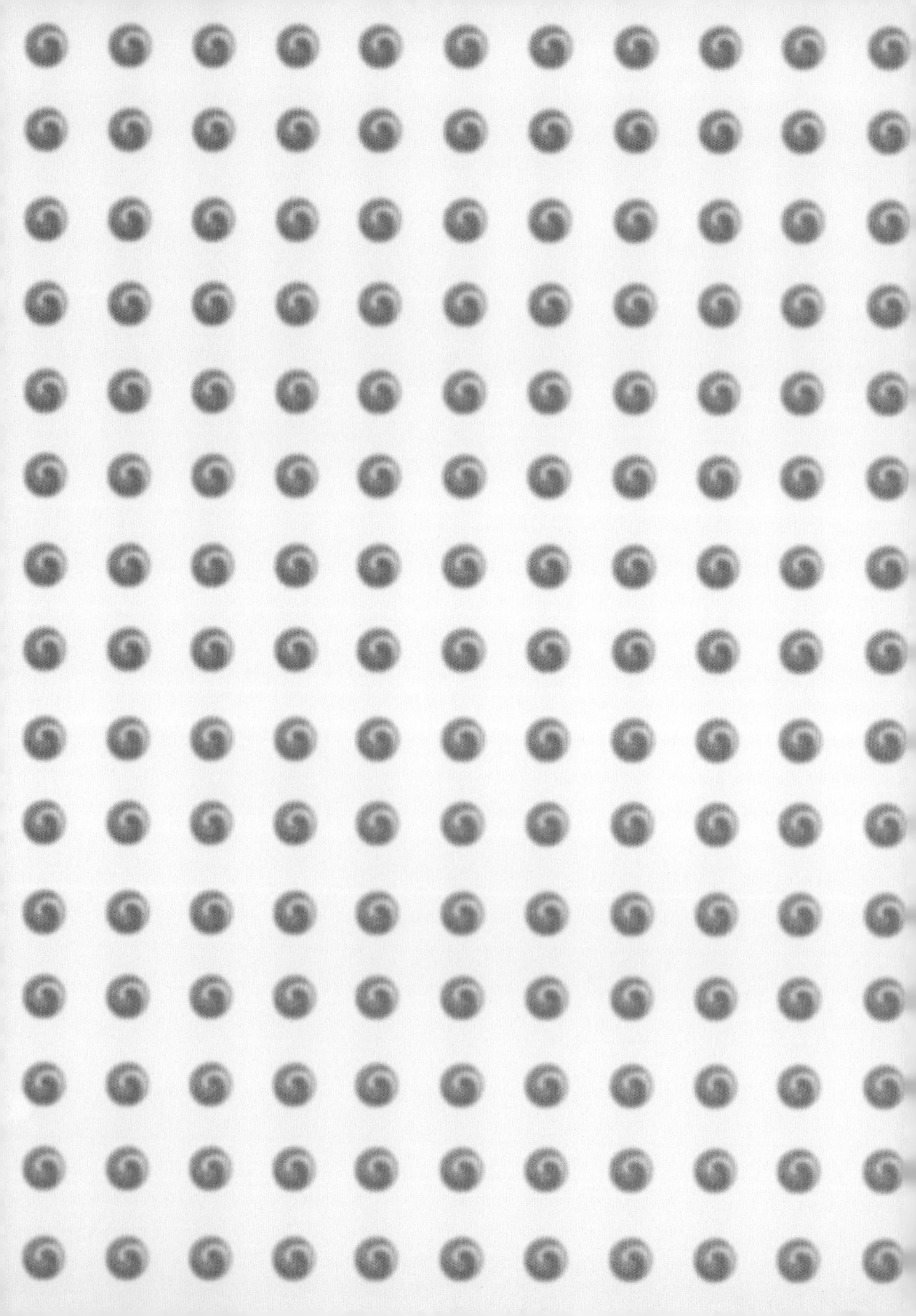

哈韓族自學手冊

編著 魏巍・彭尊聖
繪圖 魏巍

書泉出版社印行

本書特色

看圖認識單字 快速有效

看圖記憶單詞，採取意象的方式接收資訊，讓自己在腦中直接有了單字的形象。在看著精美插圖的同時，不知不覺地就把單字記起來了。

漫畫圖解發音 全書標有拼音

你從來沒有學過韓語嗎？別怕！本書從最基礎的韓語發音開始帶讀者入門，全書單字也都標有拼音，即使從來沒有學過韓語的讀者，也可以輕鬆上手。

互動光碟，快速學習

利用本書附贈的互動光碟，在電腦上展開多媒體的語言學習。不會說的單詞，用滑鼠點擊螢幕上的按鈕就可以聽到發音。100% 好玩有趣又有成效的學習法。

搭配mp3光碟 效果倍增

隨書附贈mp3光碟，特請外國老師錄音，幫助讀者說出標準的韓語。

附贈單字練習本

除了「眼到」，透過「手到」，進而「心到」。藉著我們提供的單字練習本，順利達到擴充自己詞彙量的目標。

圖～圖～圖～看圖輕鬆學韓語！

親愛的讀者，你挖到寶啦！「韓語大獻寶」是一本簡單到不行的韓語學習書。從漫畫圖解韓語發音開始，精選日常生活中最常用、最重要的詞彙，以圖解的方式呈現給想要學習韓語的每個人。即使從來沒有學過韓語的讀者，也可以輕鬆上手。

你覺得學韓語辛苦嗎？你背單字遭遇了困難嗎？本書是你學習韓語的法寶，互動光碟幫助你快速地學習新的語言。打開本書，就好像進入了寶山，突然發現，原來學習韓語是這麼地容易：每個單詞都配有插畫，使你原本枯燥乏味的死記工作，變成好像在看漫畫書一樣地輕鬆。配合隨書附贈的MP3光碟及單字練習本，你一定可以更有效地記憶單字，說出更標準的韓語。

目錄

차례

01 韓語發音

你想學韓文，但不知從何學起嗎？
悶
看不懂
瞎米？
初学
別擔心！本書專門為沒學過韓語的你量身打造！

韓語在發音上和英語一樣，是一種拼音文字。
作者
A
B
C

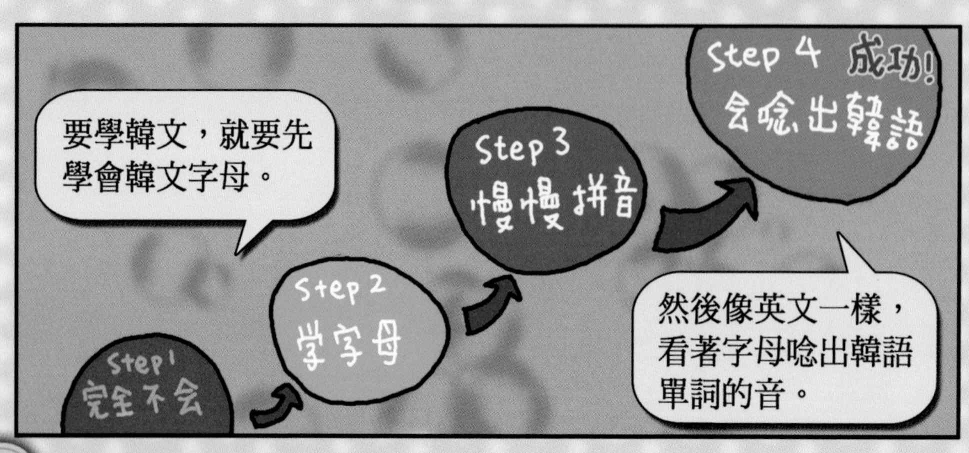
要學韓文，就要先學會韓文字母。
Step1 完全不会
Step 2 学字母
Step 3 慢慢拼音
Step 4 成功! 会唸出韓語
然後像英文一樣，看著字母唸出韓語單詞的音。

太神奇了！30分鐘學會說韓語單字！

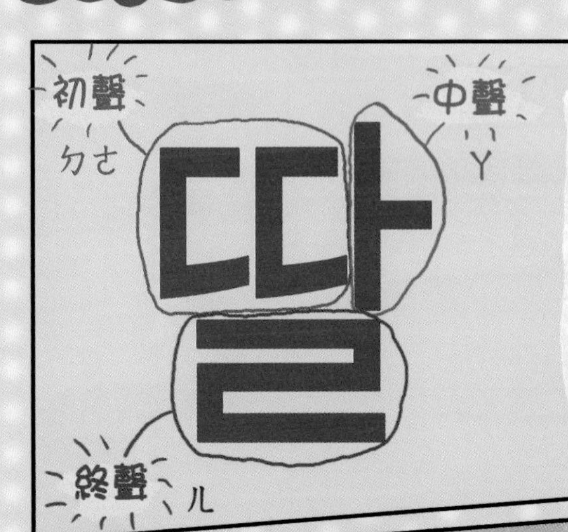

以韓語的「딸(女兒)」為例：

初聲「ㄸ」發「ㄉㄜ」的音，中聲「ㅏ」發「ㄚ」的音，最後終聲「ㄹ」發「ㄦ」的音。

ㄸ + ㅏ + ㄹ = 딸

ㄉㄜ　ㄚ　ㄦ　ㄉㄚㄦ

把這些音結合起來，韓語的「딸(女兒)」的發音，就是「ㄉㄚㄦ」。

怎麼樣？很簡單吧？

即使不懂韓語單字的意義，學會了字母，就可以唸出讀音。

接下來，我們就來介紹韓語的各個字母。

首先從母音開始。

韓語的母音介紹

下面是韓語的母音列表，請各位讀者一面聽著mp3，一面看著書學習各個母音的發音。

張開口跟著說，記得更快喔！

母音	羅馬拼音	試著用中文注音記記看
ㅏ	【a】	看到 ㅏ 就念【ㄚ】
ㅑ	【ya】	看到 ㅑ 就念【一ㄚ】
ㅓ	【eo】	看到 ㅓ 就念【ㄜ】－嘴型稍圓
ㅕ	【yeo】	看到 ㅕ 就念【一ㄜ】
ㅗ	【o】	看到 ㅗ 就念【ㄛ】
ㅛ	【yo】	看到 ㅛ 就念【一ㄛ】
ㅜ	【u】	看到 ㅜ 就念【ㄨ】
ㅠ	【yu】	看到 ㅠ 就念【一ㄨ】
ㅡ	【eu】	看到 ㅡ 就念【ㄜ】－比ㅓ嘴型稍扁
ㅣ	【i】	看到 ㅣ 就念【一】

學完了各個母音，接下來要介紹複合母音。

什麼是「複合母音」呢？顧名思義，就是把之前介紹的母音再做組合所發的音。

譬如剛剛介紹的「ㅏ(發音為：ㄚ)」和「ㅣ(發音為：一)」合在一起，就好像DJ混音一樣，就變成了複合母音「ㅐ(發音為：ㄟ)」。以下就是各個複合母音的列表整理：

複合母音	羅馬拼音	試著用中文注音記記看
ㅐ	【ae】	看到 ㅐ 就念【ㄟ】
ㅒ	【yae】	看到 ㅒ 就念【一ㄟ】
ㅔ	【e】	看到 ㅔ 就念【ㄝ】
ㅖ	【ye】	看到 ㅖ 就念【一ㄝ】
ㅘ	【oa】	看到 ㅘ 就念【ㄨㄚ】
ㅙ	【oae】	看到 ㅙ 就念【ㄨㄟ】
ㅚ	【oe】	看到 ㅚ 就念【ㄨㄟ】
ㅝ	【uo】	看到 ㅝ 就念【ㄨㄛ】
ㅞ	【ue】	看到 ㅞ 就念【ㄨㄝ】
ㅟ	【ui】	看到 ㅟ 就念【ㄩ一】
ㅢ	【eui】	看到 ㅢ 就念【ㄜ一】

韓語的複合母音

韓語的子音介紹

子音	羅馬拼音	試著用中文注音記記看
ㄱ	【k、g】	看到 ㄱ 就念【ㄎ、ㄍ】
ㄴ	【n】	看到 ㄴ 就念【ㄋ】
ㄷ	【t】	看到 ㄷ 就念【ㄉ】
ㄹ	【l】	看到 ㄹ 就念【ㄌ】
ㅁ	【m】	看到 ㅁ 就念【ㄇ】
ㅂ	【b、p】	看到 ㅂ 就念【ㄅ、ㄆ】
ㅅ	【s】	看到 ㅅ 就念【ㄙ】
ㅇ	【ng】	看到 ㅇ 在初聲不發音，在終聲念【ㄥ】
ㅈ	【j】	看到 ㅈ 就念【ㄗ】
ㅊ	【ch】	看到 ㅊ 就念【ㄘ】嘴巴有氣出來
ㅋ	【k】	看到 ㅋ 就念【ㄎ】嘴巴有氣出來
ㅌ	【t】	看到 ㅌ 就念【ㄊ】嘴巴有氣出來
ㅍ	【p】	看到 ㅍ 就念【ㄆ】嘴巴有氣出來
ㅎ	【h】	看到 ㅎ 就念【ㄏ】嘴巴有氣出來

上面這張表是子音的部分

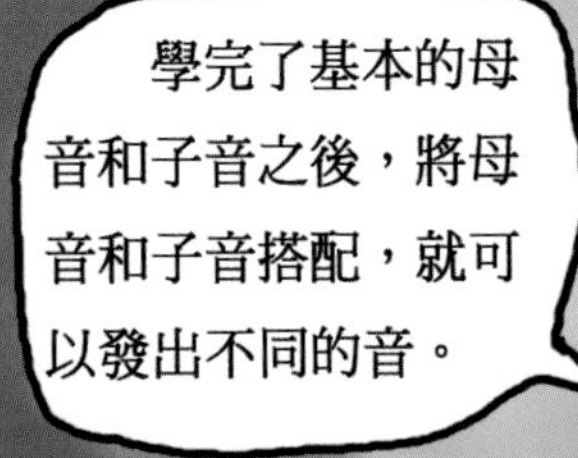

學完了基本的母音和子音之後，將母音和子音搭配，就可以發出不同的音。

比方說把子音「ㅂ(發音ㄆ)」和母音「ㅣ(發音：一ㄟ)」結合後，「비」的發音就會是「ㄆ一」。怎麼樣，是不是開始覺得韓語還蠻簡單的呢？

得意

正面

反面

可以拿空白的卡片，一面寫上韓語字母，一面寫上發音。用玩撲克牌的心情，來記憶各個字母。

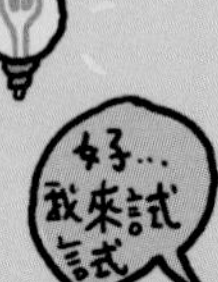

翻開下頁，我們以羅馬拼音的方式，整理了另外一張發音表給大家做參考。

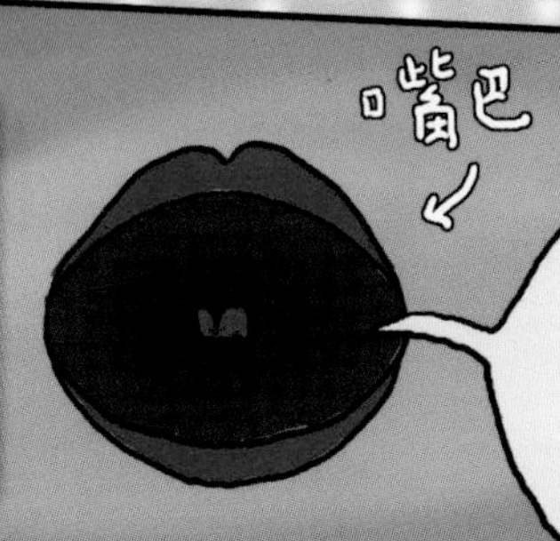

把嘴巴張開，跟著MP3裡老師的聲音，一起練習韓語的發音。

韓語發音表

母音 子音	ㅏ 【a】	ㅑ 【ya】	ㅓ 【o】	ㅕ 【yo】	ㅗ 【o】	ㅛ 【yo】	ㅜ 【u】	ㅠ 【yu】	ㅡ 【eu】	ㅣ 【i】
ㄱ 【k】	가 【ka】	갸 【kya】	거 【ko】	겨 【kyo】	고 【ko】	교 【kyo】	구 【ku】	규 【kyu】	그 【keu】	기 【ki】
ㄴ 【n】	나 【na】	냐 【nya】	너 【no】	녀 【nyo】	노 【no】	뇨 【nyo】	누 【nu】	뉴 【nyu】	느 【neu】	니 【ni】
ㄷ 【t】	다 【ta】	댜 【tya】	더 【to】	뎌 【tyo】	도 【to】	됴 【tyo】	두 【tu】	듀 【tyu】	드 【teu】	디 【ti】
ㄹ 【r】	라 【ra】	랴 【rya】	러 【ro】	려 【ryo】	로 【ro】	료 【ryo】	루 【ru】	류 【ryu】	르 【reu】	리 【ri】
ㅁ 【m】	마 【ma】	먀 【mya】	머 【mo】	며 【myo】	모 【mo】	묘 【myo】	무 【mu】	뮤 【myu】	므 【meu】	미 【mi】
ㅂ 【p】	바 【pa】	뱌 【pya】	버 【po】	벼 【pyo】	보 【po】	뵤 【pyo】	부 【pu】	뷰 【pyu】	브 【peu】	비 【pi】
ㅅ 【s】	사 【sa】	샤 【sya】	서 【so】	셔 【syo】	소 【so】	쇼 【syo】	수 【su】	슈 【syu】	스 【seu】	시 【si】
ㅇ (不發聲)	아 【a】	야 【ya】	어 【o】	여 【yo】	오 【o】	요 【yo】	우 【u】	유 【yu】	으 【yeu】	이 【i】
ㅈ 【j】	자 【ja】	쟈 【jya】	저 【jo】	져 【jyo】	조 【jo】	죠 【jyo】	주 【ju】	쥬 【jyu】	즈 【jeu】	지 【ji】
ㅊ 【ch】	차 【cha】	챠 【chya】	처 【cho】	쳐 【chyo】	초 【cho】	쵸 【chyo】	추 【chu】	츄 【chyu】	츠 【cheu】	치 【chi】
ㅋ 【k】	카 【ka】	캬 【kya】	커 【ko】	켜 【kyo】	코 【ko】	쿄 【kyo】	쿠 【ku】	큐 【kyu】	크 【keu】	키 【ki】
ㅌ 【t】	타 【ta】	탸 【tya】	터 【to】	텨 【tyo】	토 【to】	툐 【tyo】	투 【tu】	튜 【tyu】	트 【teu】	티 【ti】
ㅍ 【p】	파 【pa】	퍄 【pya】	퍼 【po】	펴 【pyo】	포 【po】	표 【pyo】	푸 【pu】	퓨 【pyu】	프 【peu】	피 【pi】
ㅎ 【h】	하 【ha】	햐 【hya】	허 【ho】	혀 【hyo】	호 【ho】	효 【hyo】	후 【hu】	휴 【hyu】	흐 【heu】	히 【hi】

一面跟著隨書附送的MP3或CD，一面學著發音，你會發現其實真正的韓文發音和羅馬拼音或是注音都有很大的不同。

所以學習的時候，請不要光用眼睛看書而不用耳朵聽、不動口發音。學習每一種語言除了眼到，還要口到、耳到、心到，這樣才能學好外語。

接下來介紹在韓文中，也常常會看到兩個子音結合的「濁音」。

ㄱ + ㄱ = ㄲ

像把兩個相同的「ㄱ(發音：ㄎ)」結合，就變成了「ㄲ(發音：ㄎㄜ)」。現在，我們在下表整理了，所有「濁音」的發音。

濁音

濁音	羅馬拼音	試著用中文注音記記看
ㄲ	【kk】	看到 ㄲ 就念【ㄍㄜ】
ㄸ	【tt】	看到 ㄸ 就念【ㄉㄜ】
ㅃ	【pp】	看到 ㅃ 就念【ㄅㄜ】
ㅆ	【ss】	看到 ㅆ 就念【ㄙㄜ】
ㅉ	【jj】	看到 ㅉ 就念【ㄗㄜ】

韓語的濁音

以上，就是韓語字母的介紹。本文一開始，有提過韓語拼音的時候，有「初聲」、「中聲」及「終聲」之分。

在韓語中，子音可以放在開頭當「初聲」，也可以放在結尾當「終聲」。而放在最後當「終聲」的時候，子音不會發那麼多不同的聲音，而是只有七種聲音。

好像ㄱ、ㅋ、ㄲ、ㄳ、ㄺ，本來各發不同的聲音，不過當這些子音放在最後當終聲的時候，都會發成和「ㄱ」一樣的聲音，也就是發成「ㄎ」。下表是終聲可能會發出的七種音。

終音的七種可能

終　聲	羅馬拼音	試著用中文注音記記看
ㄱ、ㅋ、ㄲ、ㄳ、ㄺ	【k】	看到這些在最後就念【ㄎ】
ㄴ、ㄵ、ㄶ	【n】	看到這些在最後就念【ㄣ】
ㄷ、ㅌ、ㅅ、ㅆ、ㅈ、ㅊ、ㅎ	【t】	看到這些在最後就念【ㄊ】
ㄹ、ㄼ、ㄽ、ㄾ、ㅀ	【l】	看到這些在最後就念【ㄌ】
ㅁ、ㄻ	【m】	看到這些在最後就念【ㄇ】
ㅂ、ㅍ、ㅄ、ㄿ	【p、b】	看到這些在最後就念【ㄆ、ㄅ】
ㅇ	【ng】	看到ㅇ在最後就念【ㄥ】

學會這些字母之後，我們可以試著拼音，唸出我們看到的韓文。

比方說在本書的第十六單元「病痛」中，提到了醫師的韓文是「의사」。這個의사要怎麼唸呢？

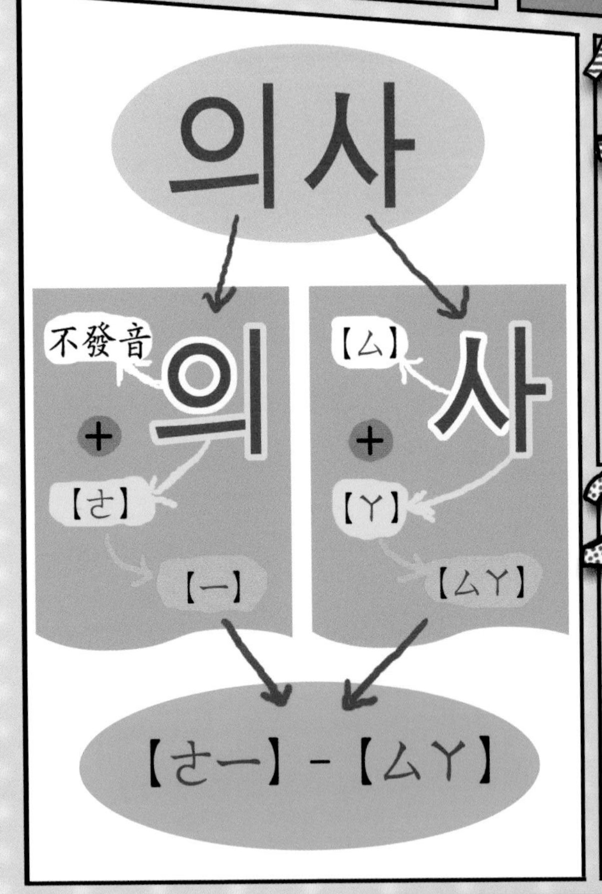

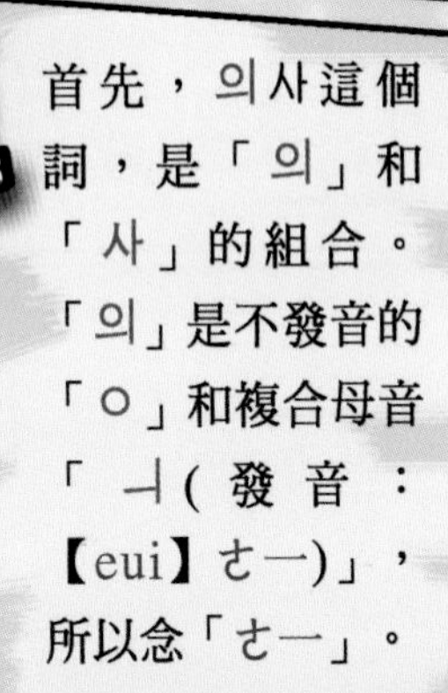

1

首先，의사這個詞，是「의」和「사」的組合。「의」是不發音的「ㅇ」和複合母音「ㅢ(發音：【euì】ㄜ一)」，所以念「ㄜ一」。

2

而「사」在發音表裡有看到是「ㅅ(發音：【s】ㄙ)」和「ㅏ(發音：【a】ㄚ)」的組合，所以念「【sa】ㄙㄚ」。這樣，我們可以知道醫生的韓文「의사」念成【eui - sa】「ㄜ一 - ㄙㄚ」。

看到這邊，花了你不到30分鐘吧？相信你之後再看到韓國的文字，再也不會像看到火星文一樣了。

接下來，請打開本書，看著插圖、聽著MP3，配合互動光碟，利用現在學的發音規則，快速地學習韓語吧。

02 身體 몸 mom

CD-02

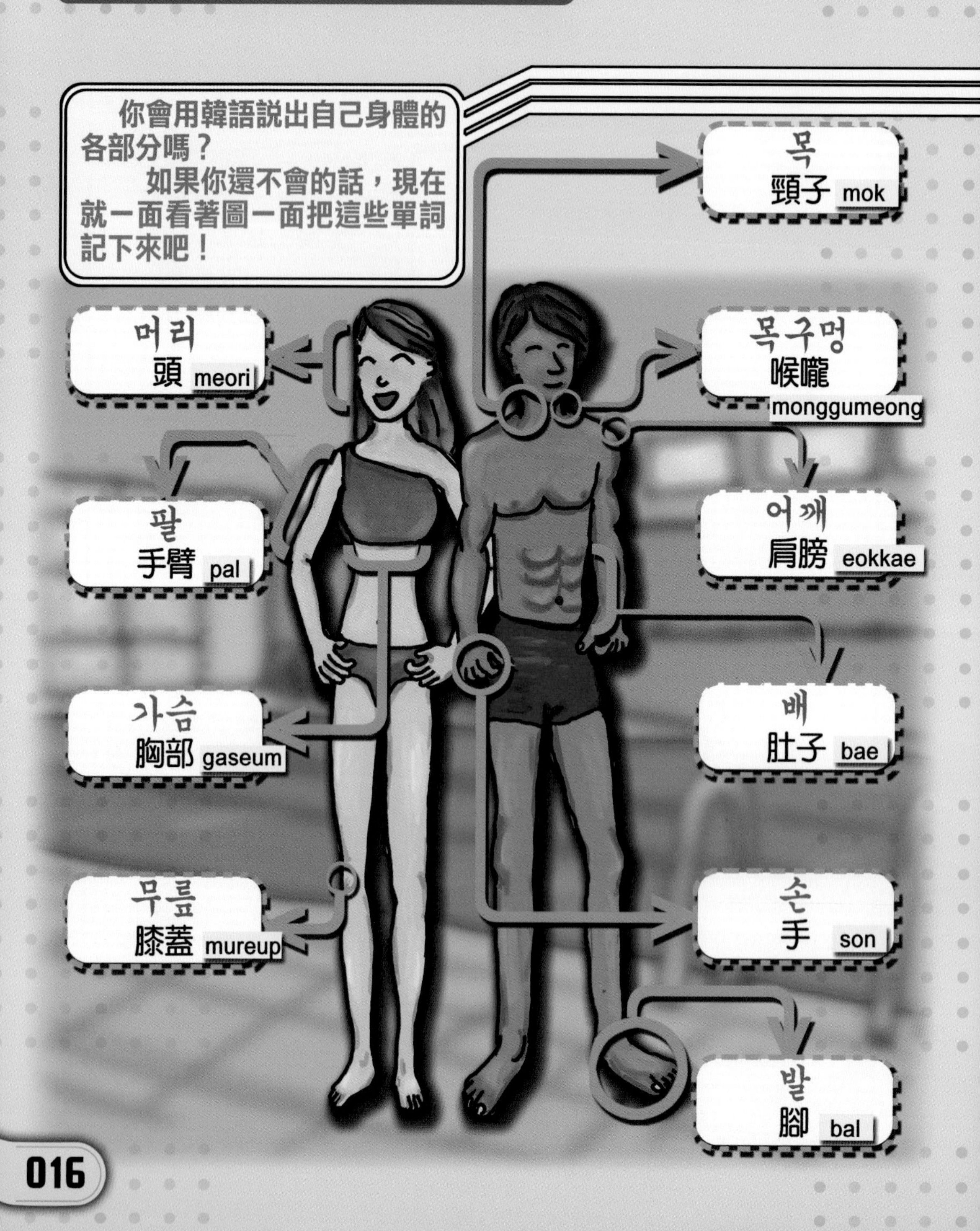

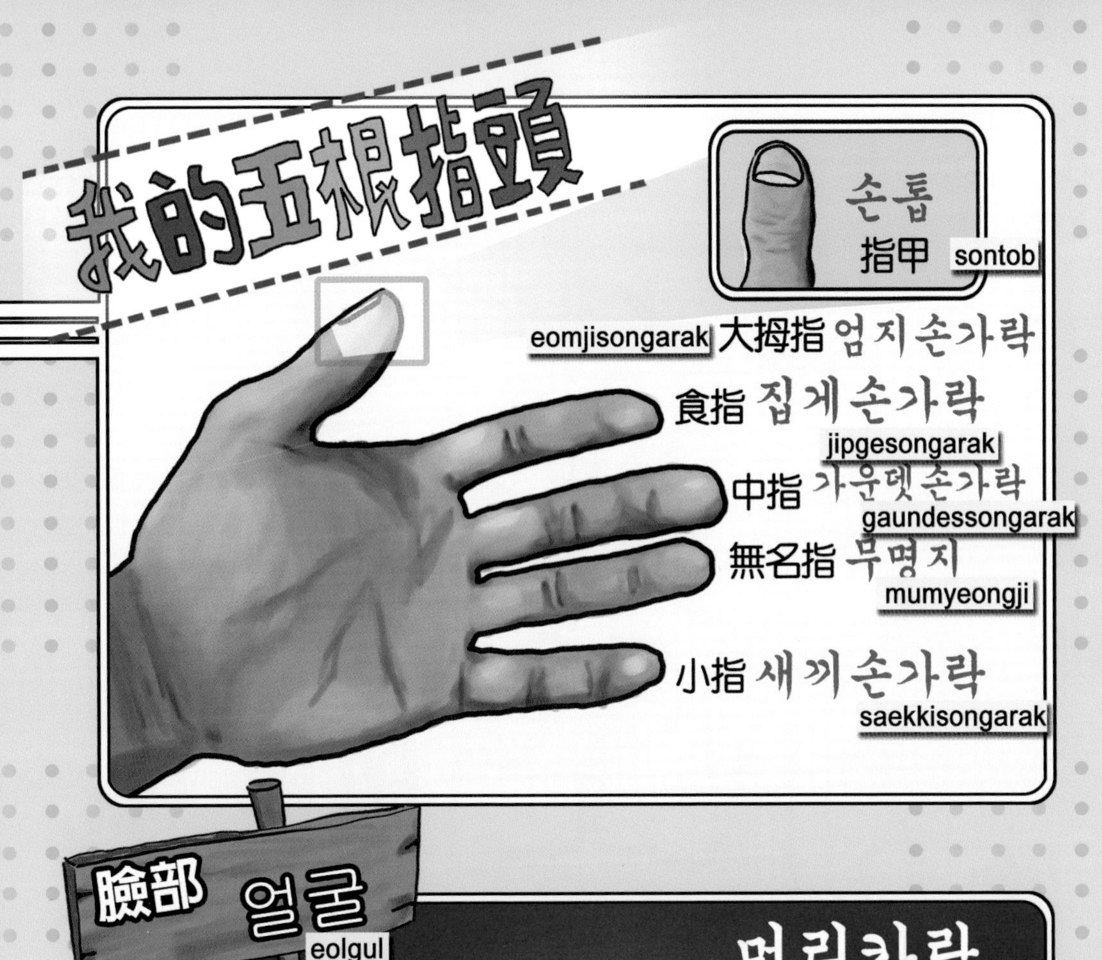

我的五根指頭
손톱
指甲 sontob
eomjisongarak 大拇指 엄지손가락
食指 집게손가락
jipgesongarak
中指 가운뎃손가락
gaundessongarak
無名指 무명지
mumyeongji
小指 새끼손가락
saekkisongarak

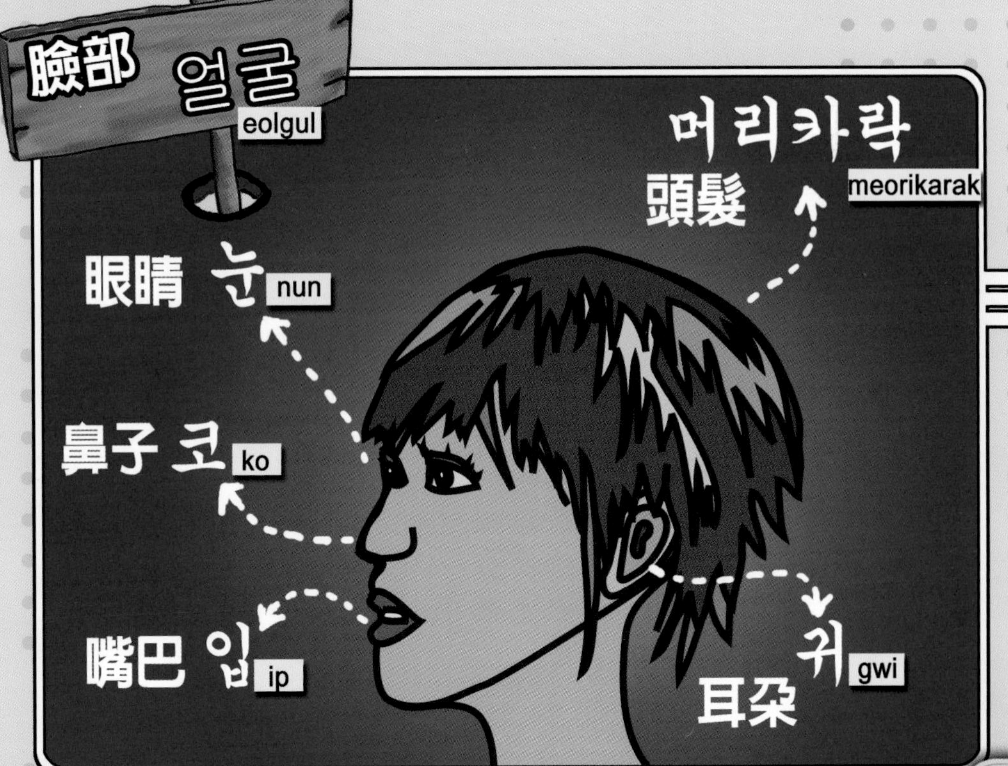

臉部 얼굴
eolgul
머리카락
頭髮 meorikarak
眼睛 눈 nun
鼻子 코 ko
嘴巴 입 ip
귀 gwi
耳朵

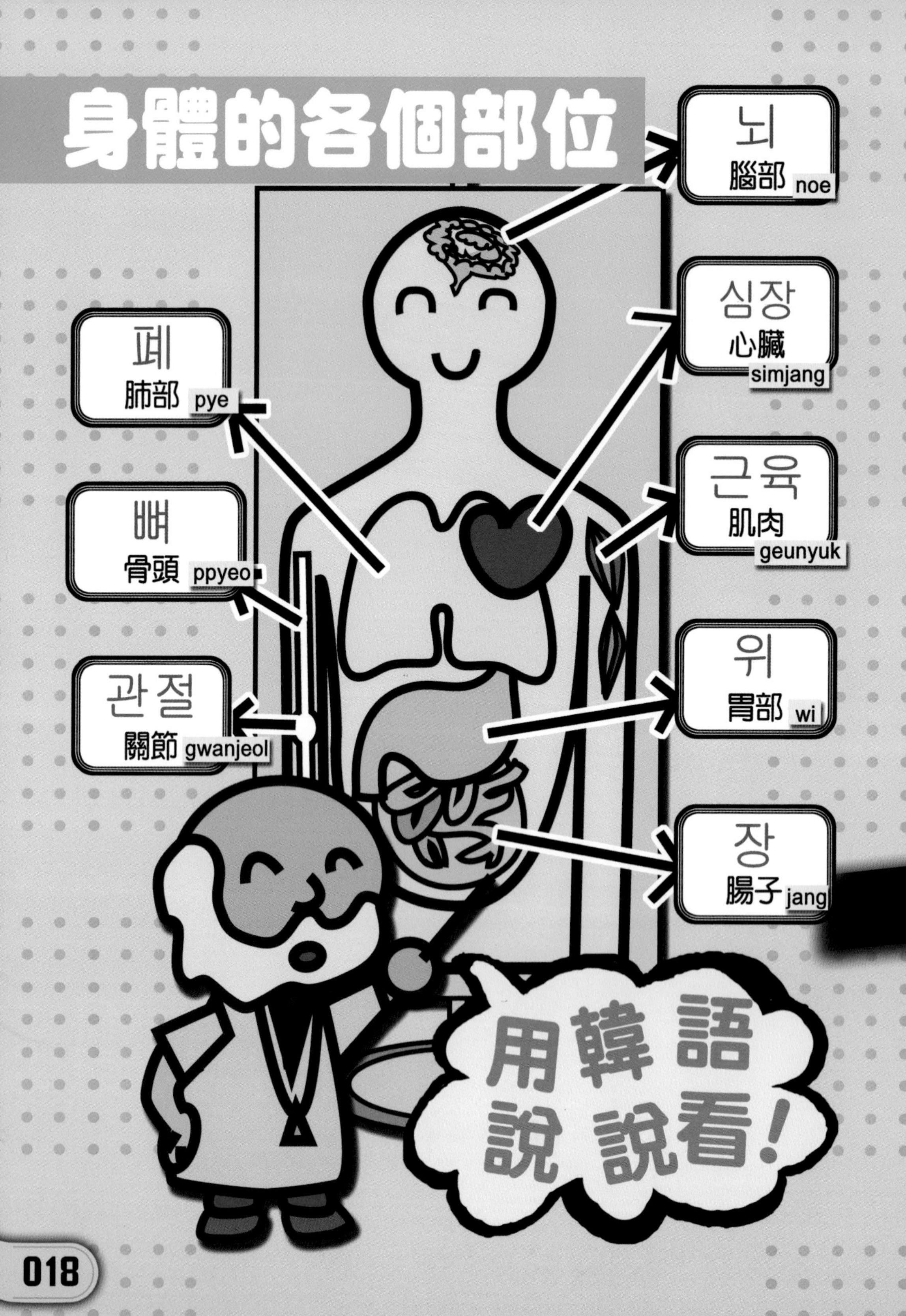
身體的各個部位
뇌
腦部 noe
심장
心臟
simjang
근육
肌肉
geunyuk
위
胃部 wi
장
腸子 jang
폐
肺部 pye
뼈
骨頭 ppyeo
관절
關節 gwanjeol
用韓語說說看!

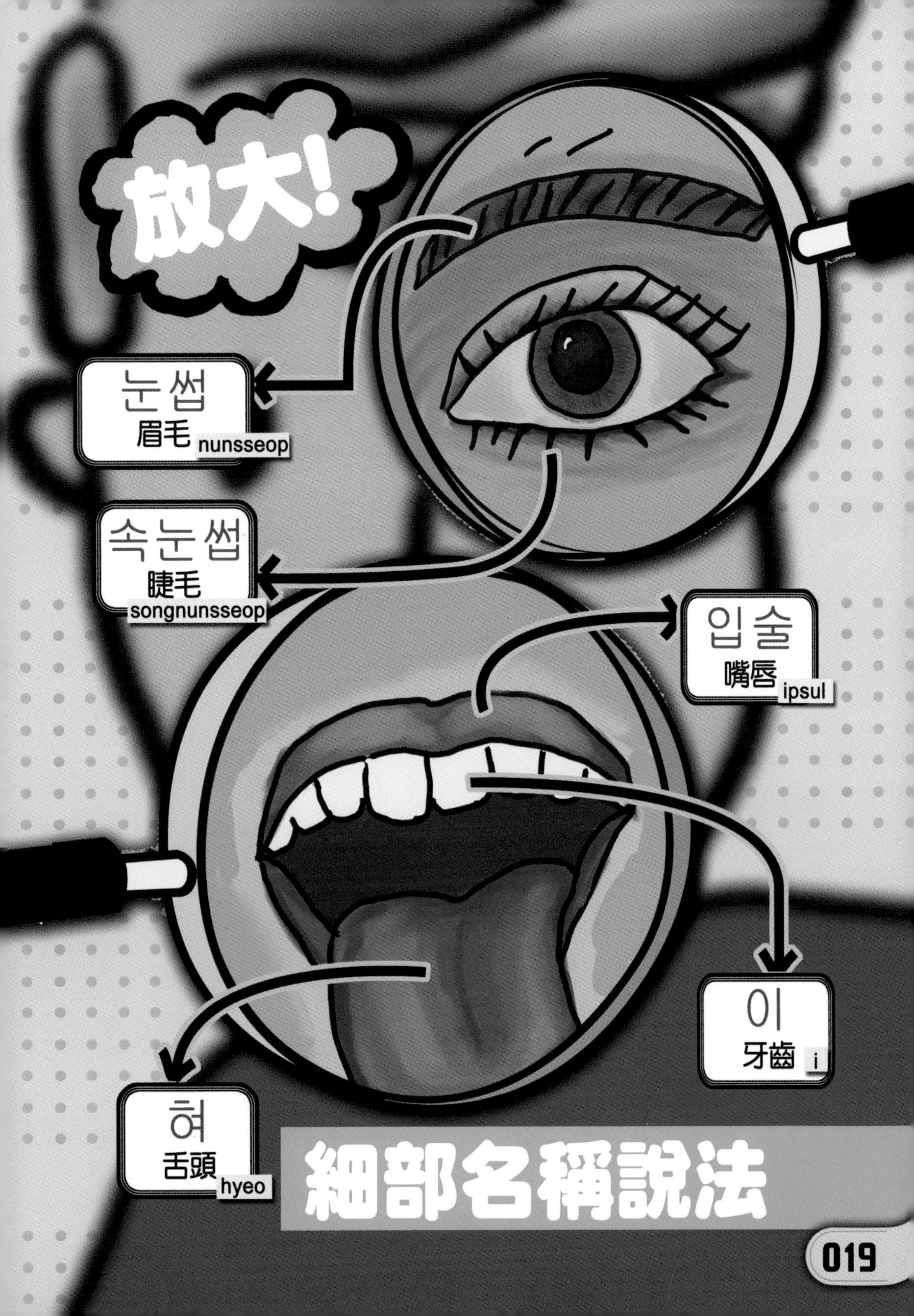
放大!
눈썹
眉毛
nunsseop
속눈썹
睫毛
songnunsseop
입술
嘴唇
ipsul
이
牙齒
i
혀
舌頭
hyeo
細部名稱說法

我們的身體感官

記起來了嗎？

03 動作 동작 dongjak

CD-03

밀다 推 milda

끌다 拉 kkeulda

뛰다 跳 ttwida

달리다 跑步 dallida

看過來！看過來！這邊還有其他的動詞！

가다 走去 gada	던지다 投擲 deonjida
오다 過來 oda	쭈그리다 蹲著 jjugeurida
끌다 拖 kkeulda	걷다 快步 geotda
돌다 轉動 dolda	가볍게 두드리다 拍打 gabyeopge dudeurida
흔들다 搖 heundeulda	일어나다 起來 ireonada
치다 打 chida	앉다 坐下 anda

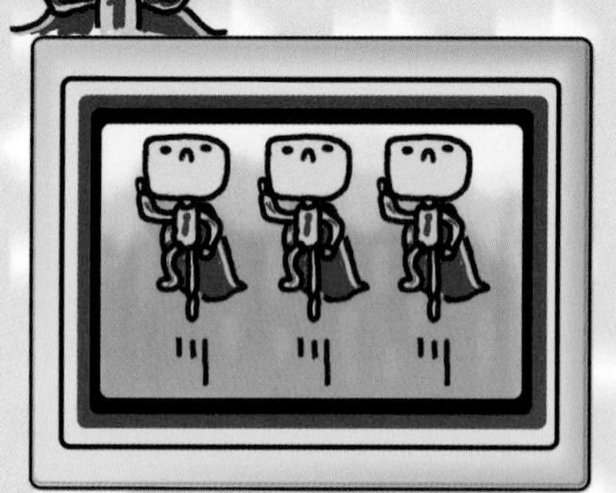

날다 飛 nalda

차다 踢 chada

앉고 있다 坐著 ango itda

눕다 躺著 nupda

04 外貌 모습 moseup

CD-04

警探想要回想剛剛看到的嫌犯。嫌犯的外貌特性有下面幾種選項。請幫助他回想犯人外貌的特徵，並且學習各個相關的韓語單詞。

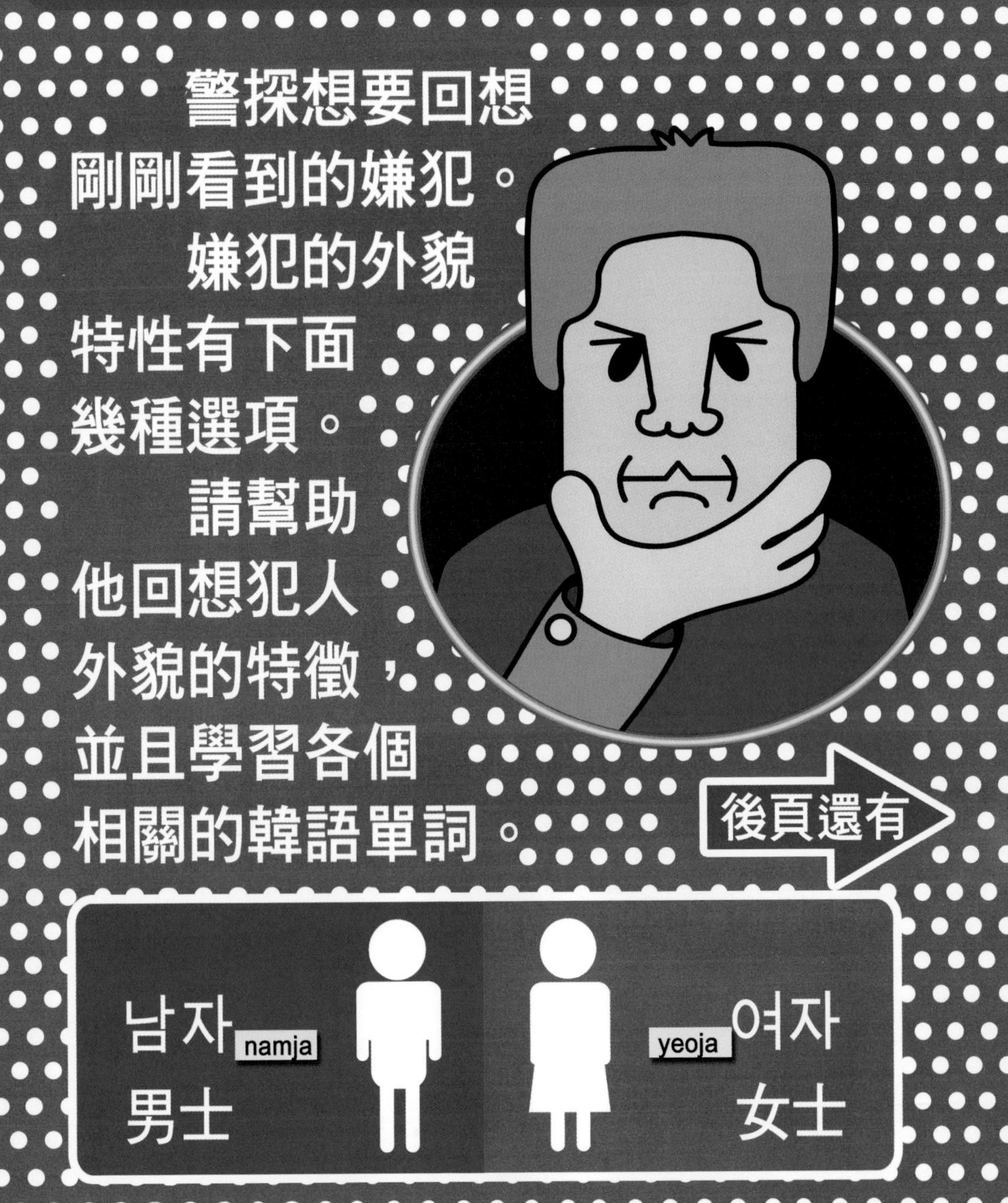

後頁還有

各種不同的外貌

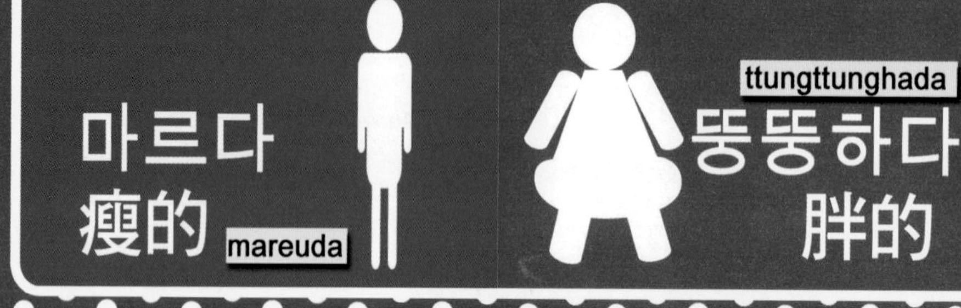

natda 낮다
矮小的

yeppeuda
예쁘다
漂亮的

bogi silta
보기 싫다
醜陋的

強壯的	강하다	ganghada
壯碩的	웅장하다	ungjanghada
苗條的	날씬하다	nalssinhada
英俊的	멋지다	meotjida
可愛的	귀엽다	gwiyeopda
性感的	섹시하다	seksihada
長髮	긴 머리카락	ginmeorikarak
短髮	짧은 머리카락	jjalbeunmeorikarak

其他相關的形容詞

嗯…，究竟嫌犯長的是什麼樣子呢？

05 情緒 기분 gibun

CD-05

歡迎來玩「心情夾娃娃機」。你今天的心情好嗎？ 夾到好的心情娃娃的話，一整天心情都會變好喔！

기쁘다
歡喜的
gippeuda

노하다
狂怒的
nohada

슬프다
哀傷的
seulpeuda

즐겁다
快樂的
jeulgeopda

걱정하다
擔心的
geokjeonghada

만족하다
滿意的
manjokada

부럽다
羡慕的
bureopda

겁나다
害怕的
geopnada

상쾌하다
快活的
sangkwaehada

憂鬱的心情

藍色憂鬱的夾娃娃機，裡面放著的，都是負面的情緒
우울하다
憂鬱的
uulhada
분노하다
惱怒的
bunnohada
괴롭다
痛苦的
goeropda
고민하다
煩惱的
gominhada
기죽다
沮喪的
gijukda
실망하다
失望的
silmanghada

06 家庭 가정 gajeong

CD-06

我的親戚

친척 chincheok

어머니
媽媽 eomeoni

아버지
爸爸 abeoji

아들
兒子 adeul

딸
女兒 ttal

자매
姊姊 / 妹妹 jamae

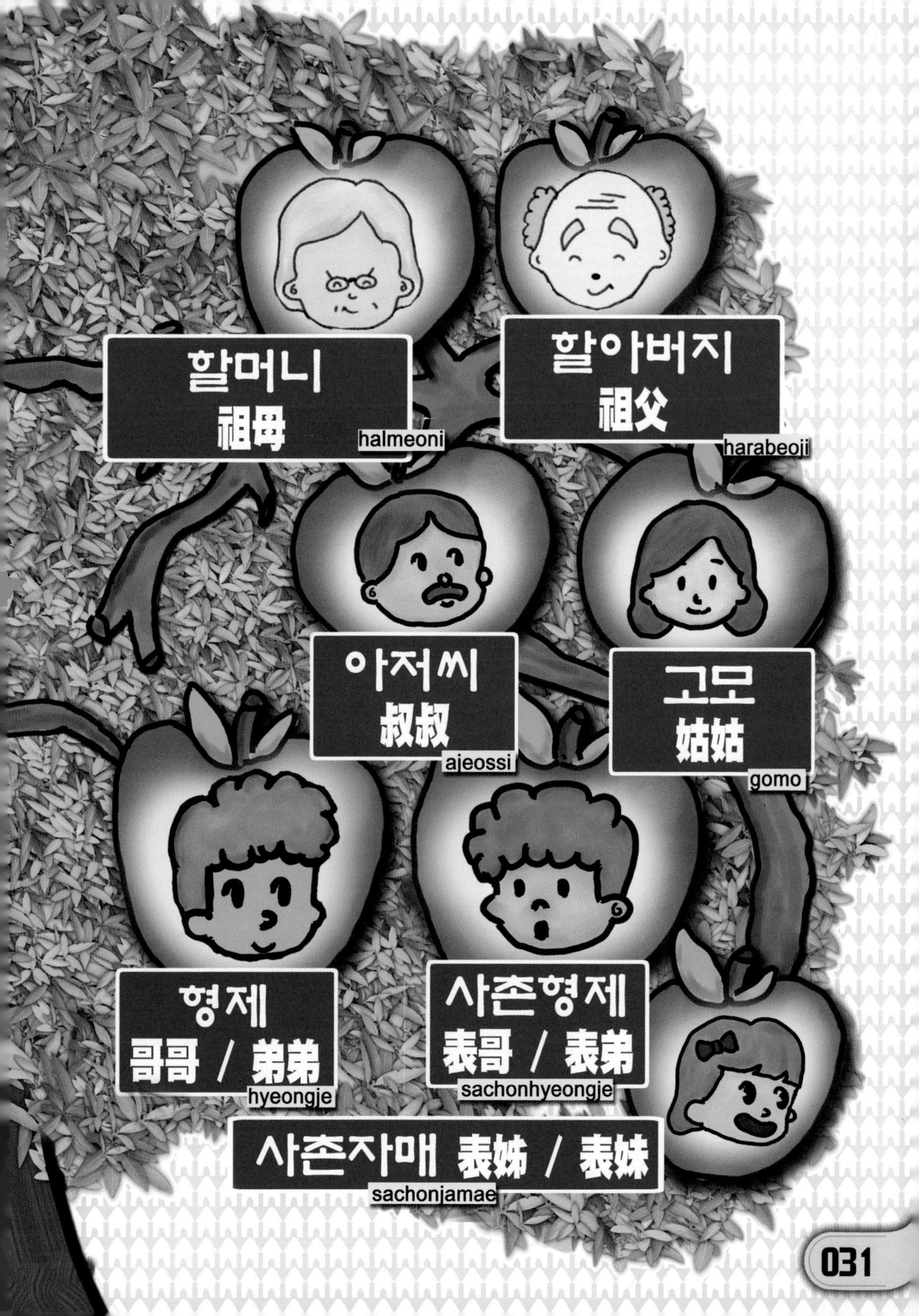
할머니
祖母
halmeoni
할아버지
祖父
harabeoji
아저씨
叔叔
ajeossi
고모
姑姑
gomo
형제
哥哥 / 弟弟
hyeongje
사촌형제
表哥 / 表弟
sachonhyeongje
사촌자매 表姊 / 表妹
sachonjamae

07 住家 집 jip

CD-07

這個單元裡面我們要介紹的主題是住家的各個房間。

看著圖片說出各個房間的韓語名稱。

客廳的各種家具

上一頁我們介紹過
韓語的客廳是응접실，
這一頁我們繼續學著用
韓語說出各種家具的名字。

텔레비전
電視 tellebijeon

에어콘
冷氣機

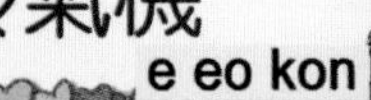

창 chang
窗戶

소파 sopa
沙發

궤짝 gwejjak
櫃子

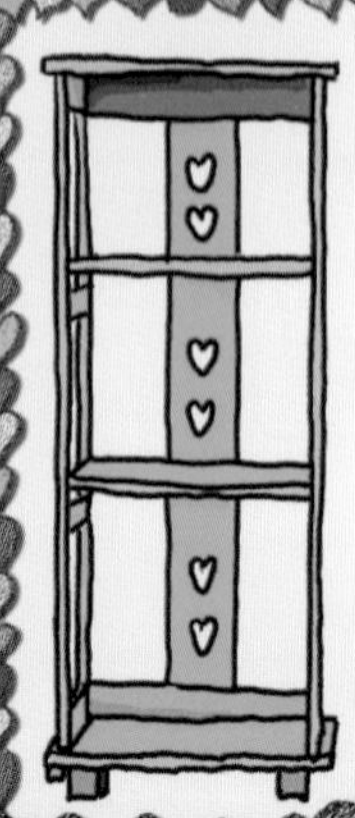

선반 seonban
架子

시계 鐘 sigye	전화 電話 jeonhwa	양탄자 地毯 yangtanja
전등 燈 jeondeung	꽃병 花瓶 kkotbyeong	선풍기 電扇 seonpunggi

臥室的各種東西

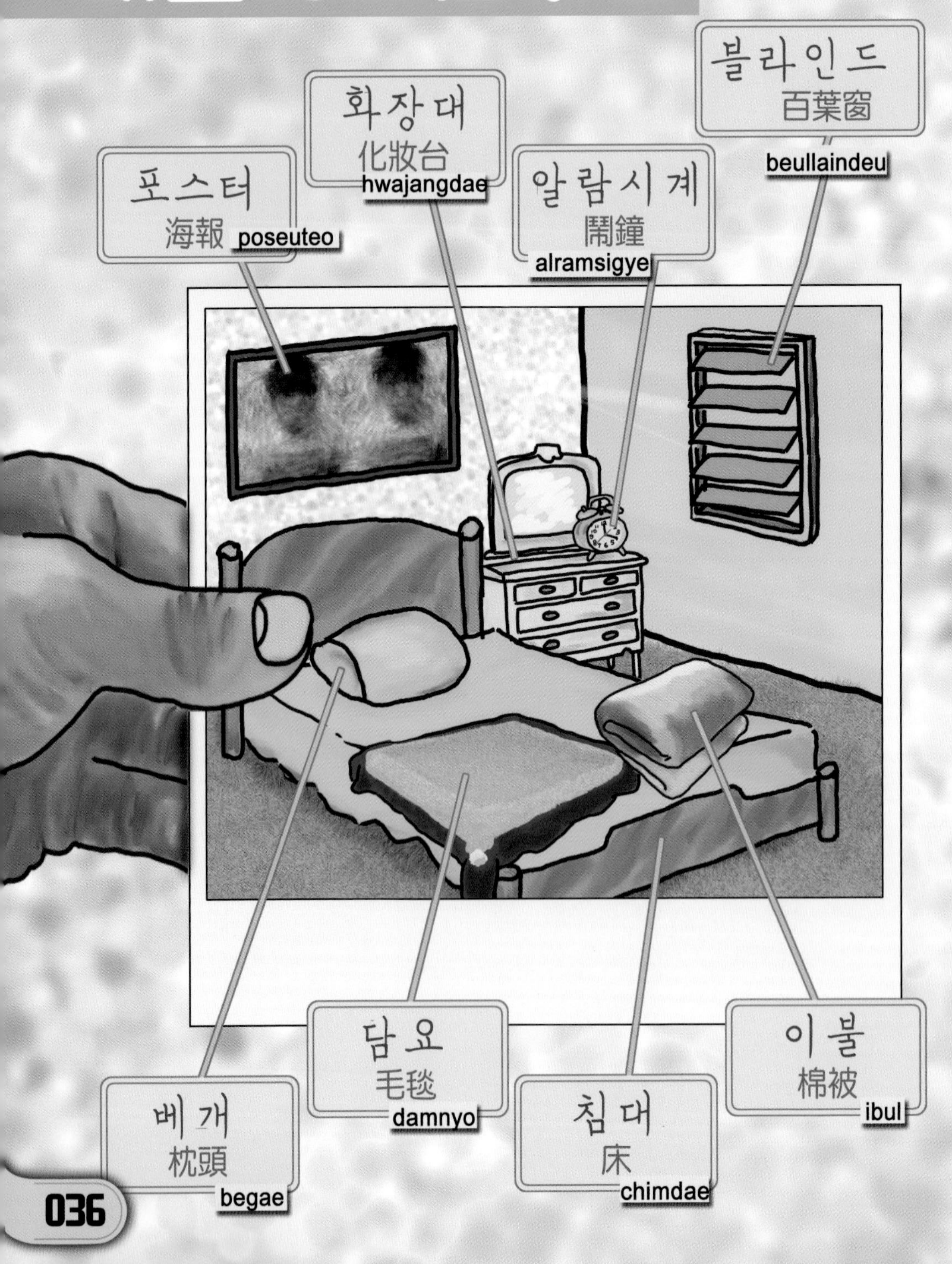

포스터
海報
poseuteo
화장대
化妝台
hwajangdae
알람시계
鬧鐘
alramsigye
블라인드
百葉窗
beullaindeu
베개
枕頭
begae
담요
毛毯
damnyo
침대
床
chimdae
이불
棉被
ibul

라이터
raiteo 打火機
신분증
sinbunjeung 身份證
향수
hyangsu 香水
체중기
chejunggi 體重機
열쇠
yeolsoe 鑰匙
손톱깎기
sontopkkakki 指甲刀
립스틱
ripseutik 口紅
매니큐어
maenikyueo 指甲油

房間裡的小東西

浴室的各種東西

這些單詞用韓語怎麽說呢？

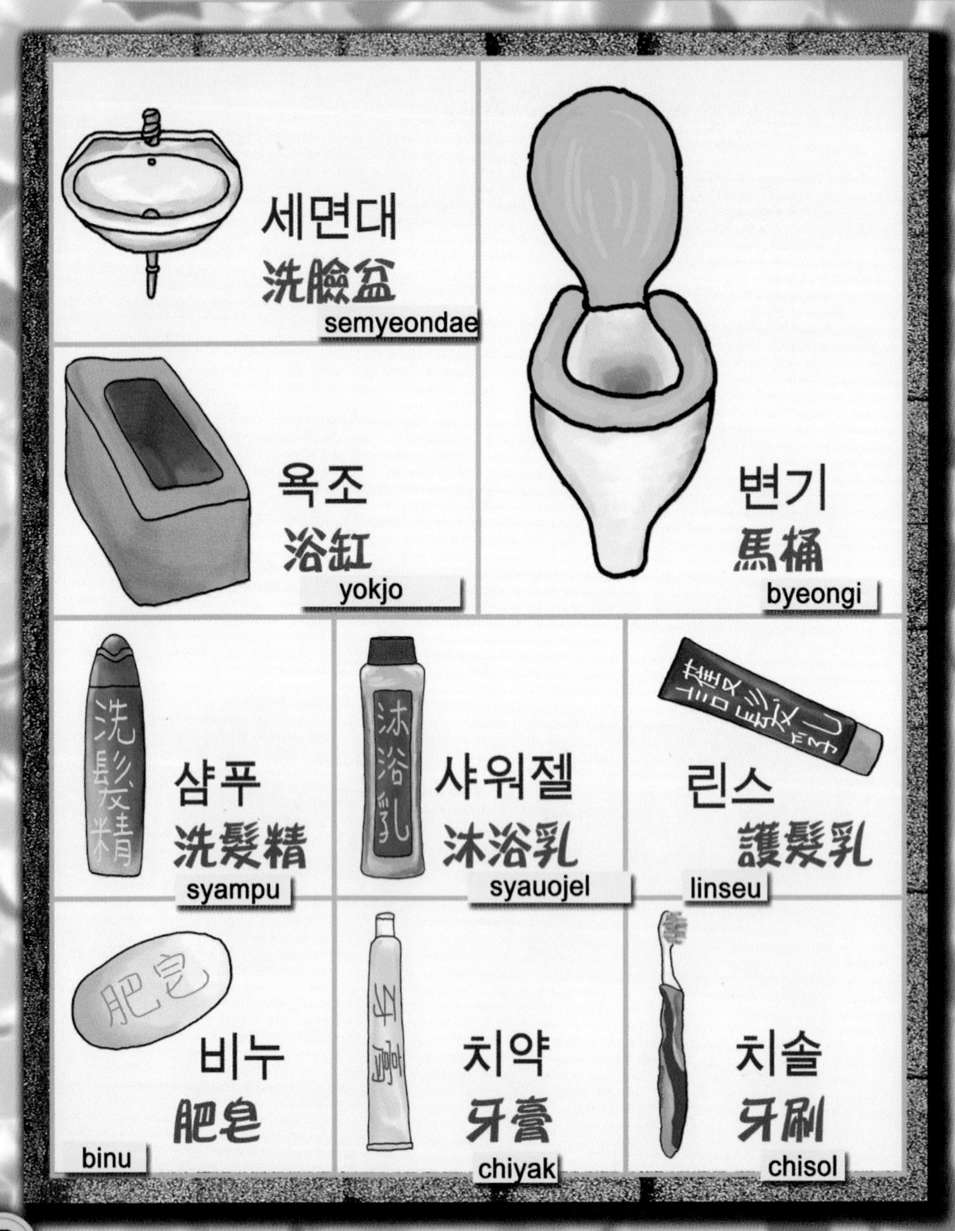

욕실 yoksil

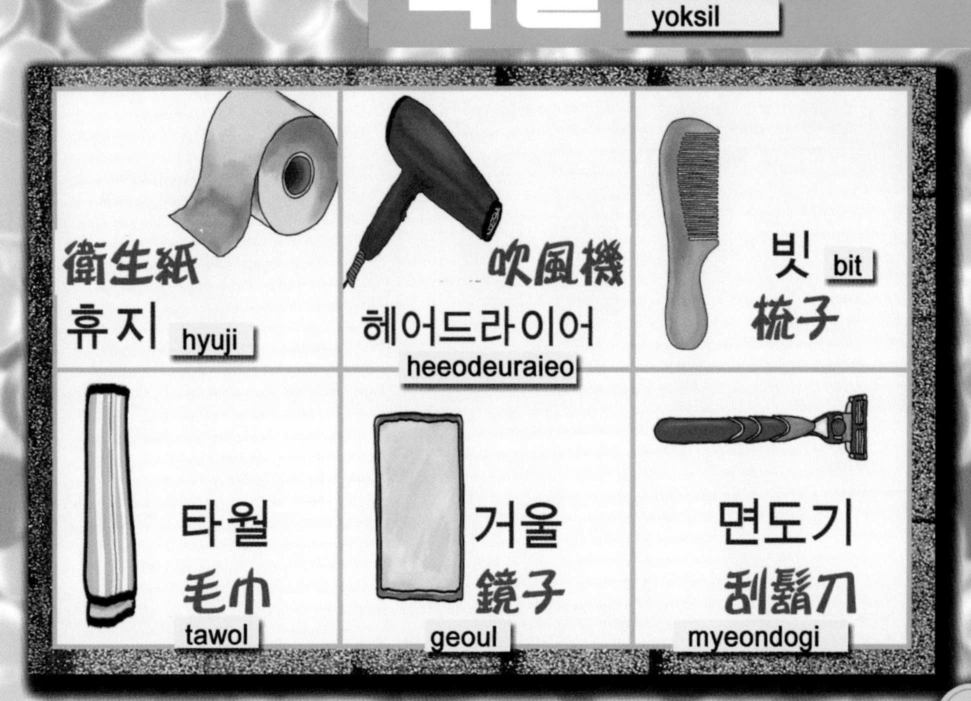

衛生紙
휴지 hyuji
吹風機
헤어드라이어
heeodeuraieo
빗 bit
梳子
타월
毛巾
tawol
거울
鏡子
geoul
면도기
刮鬍刀
myeondogi

照一張廚房的相片

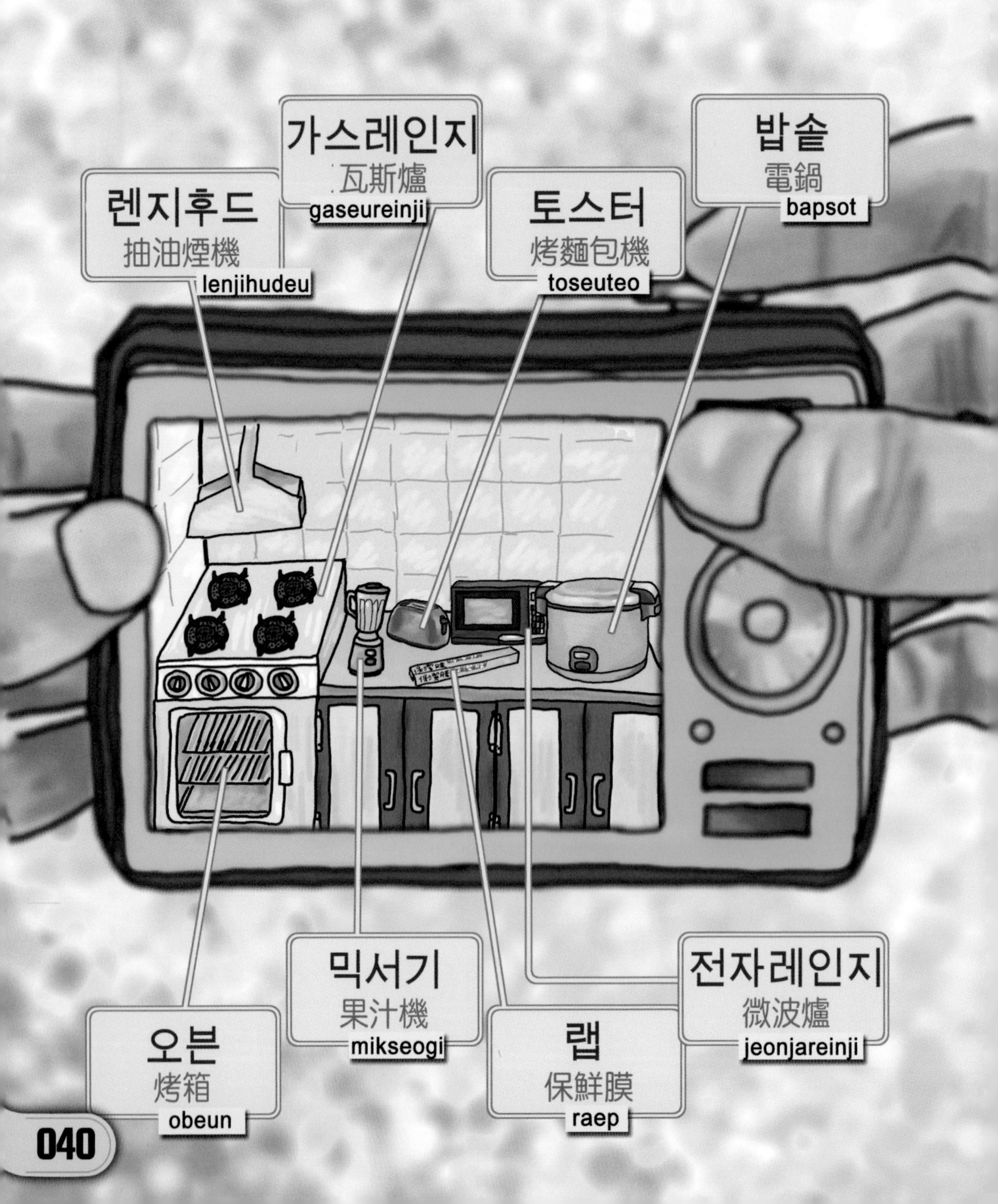

가스레인지
瓦斯爐
gaseureinji
밥솥
電鍋
bapsot
렌지후드
抽油煙機
lenjihudeu
토스터
烤麵包機
toseuteo
믹서기
果汁機
mikseogi
전자레인지
微波爐
jeonjareinji
오븐
烤箱
obeun
랩
保鮮膜
raep

냉장고
冰箱
naengjanggo
수도꼭지
水龍頭
sudokkokji
프라이팬
平底鍋
peulaipaen
커피메이커
咖啡機
keopimeikeo
비닐봉지
塑膠袋
binilbongji
쓰레기통
垃圾桶
sseuregitong
캔
罐頭
kaen

廚房裡的各種東西

各種不同的房屋

不同高度、
不同類型的
房子，名字
也各不相同。
아파트
公寓
apat
기숙사
宿舍
gisuksa
연립주택
連棟房屋
yeonribjutaek

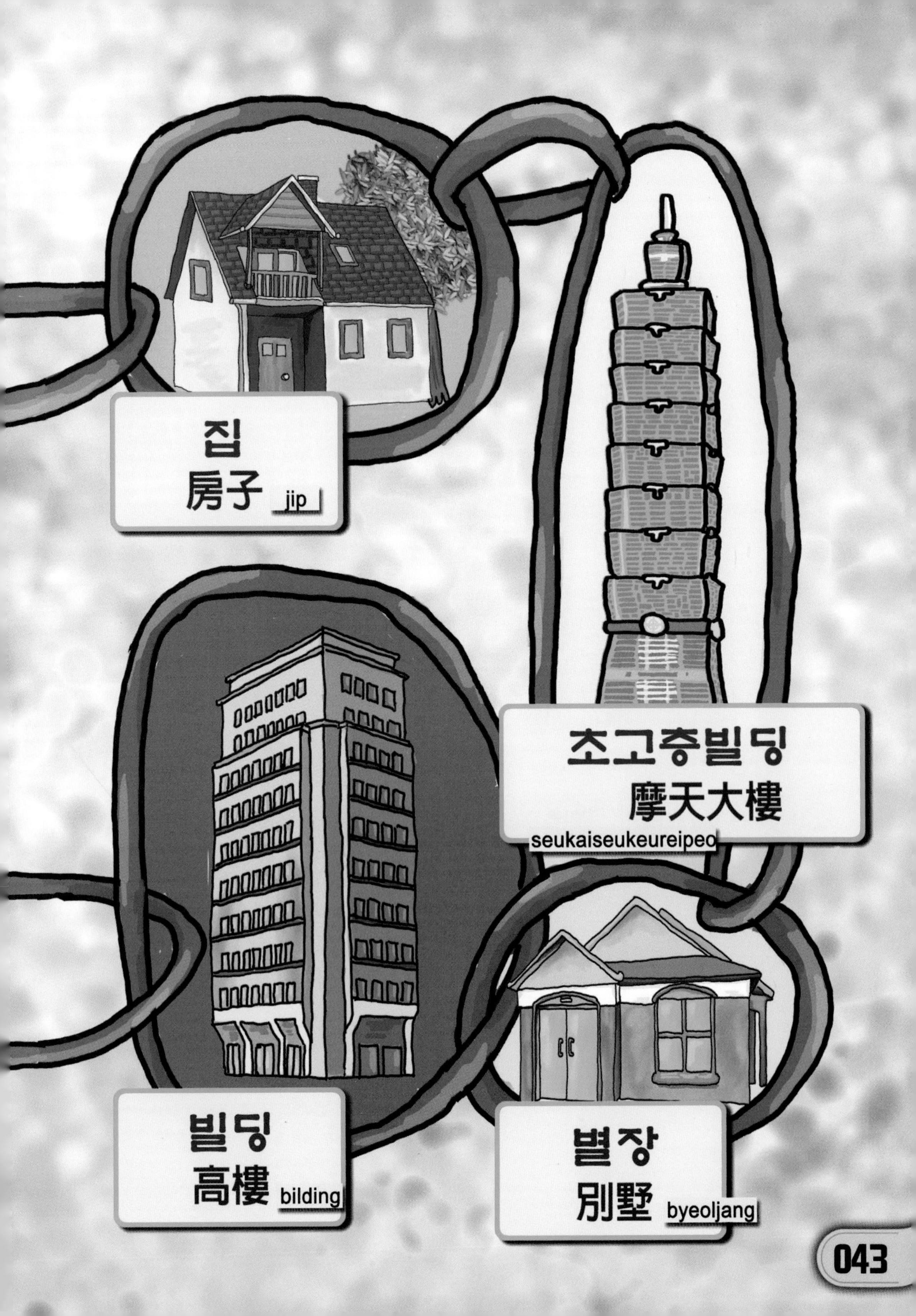
집
房子 jip
초고층빌딩
摩天大樓
seukaiseukeureipeo
빌딩
高樓 bilding
별장
別墅 byeoljang

08 教室 교실 gyosil

CD-08

1.선생 老師 seonsaeng

2.학생 學生 haksaeng

3.책 書 chaek

4.탁자 桌子 takja

5.의자 椅子 uija

6.지우개 板擦 jiugae

7.분필 粉筆 bunpil

8.칠판 黑板 chilpan

9.마이크 擴音器 maikeu

10.지도 地圖 jido

11.사전 辭典 sajeon

+11y=16 ....(1)
+5y=16 ....(2)
⇒ 6x−6y=0 ⇒ x=y
⇒ 16x+16y=32
⇒ x+y=2
∴ x=1, y=1 *
值日
6
7
8
9
10
一起来學習吧!

和學校相關的單詞

上課中，暫停一次

한국말
韓語
hangungmal

上課中，暫停三次

중국말
中文
junggungmal

機

前進兩格

점수
分數 jeomsu

來玩大富翁吧！一面玩遊戲，一面學習各種和學校相關的單詞...

隨堂考
請翻機會卡

받아쓰기
聽寫
badasseugi

考試通過
得5000元

패스하다
考試通過
paeseuhada

考試被當付學分費

불통과하다
考試被當
bulhapgyeokhada

考試及格 得200元

합격하다
考試及格
hapgyeokada

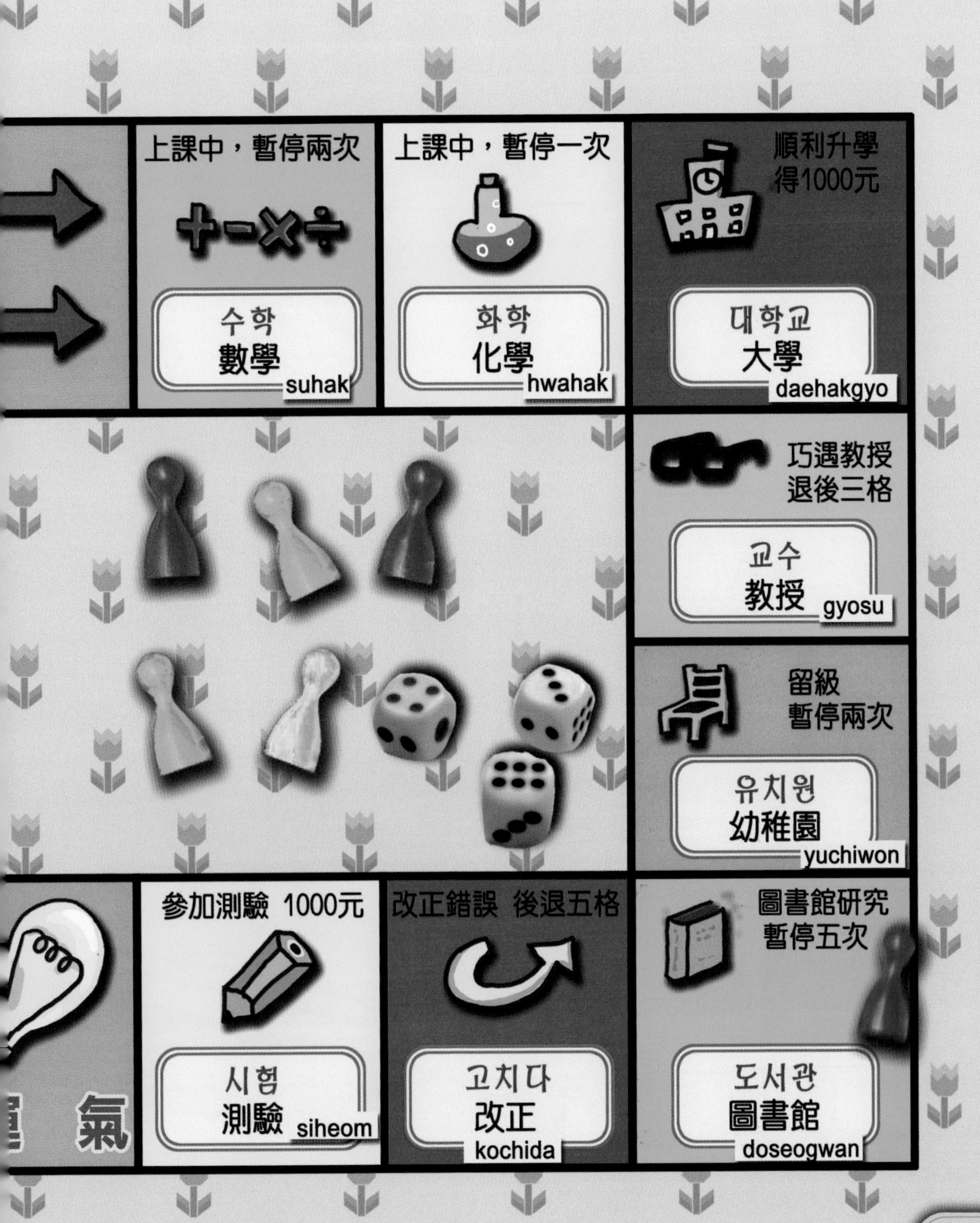
上課中，暫停兩次
수학
數學
suhak
上課中，暫停一次
화학
化學
hwahak
順利升學
得1000元
대학교
大學
daehakgyo
巧遇教授
退後三格
교수
教授
gyosu
留級
暫停兩次
유치원
幼稚園
yuchiwon
參加測驗 1000元
시험
測驗
siheom
改正錯誤 後退五格
고치다
改正
kochida
圖書館研究
暫停五次
도서관
圖書館
doseogwan
氣

CD-09

09 文具 문방구 munbanggu

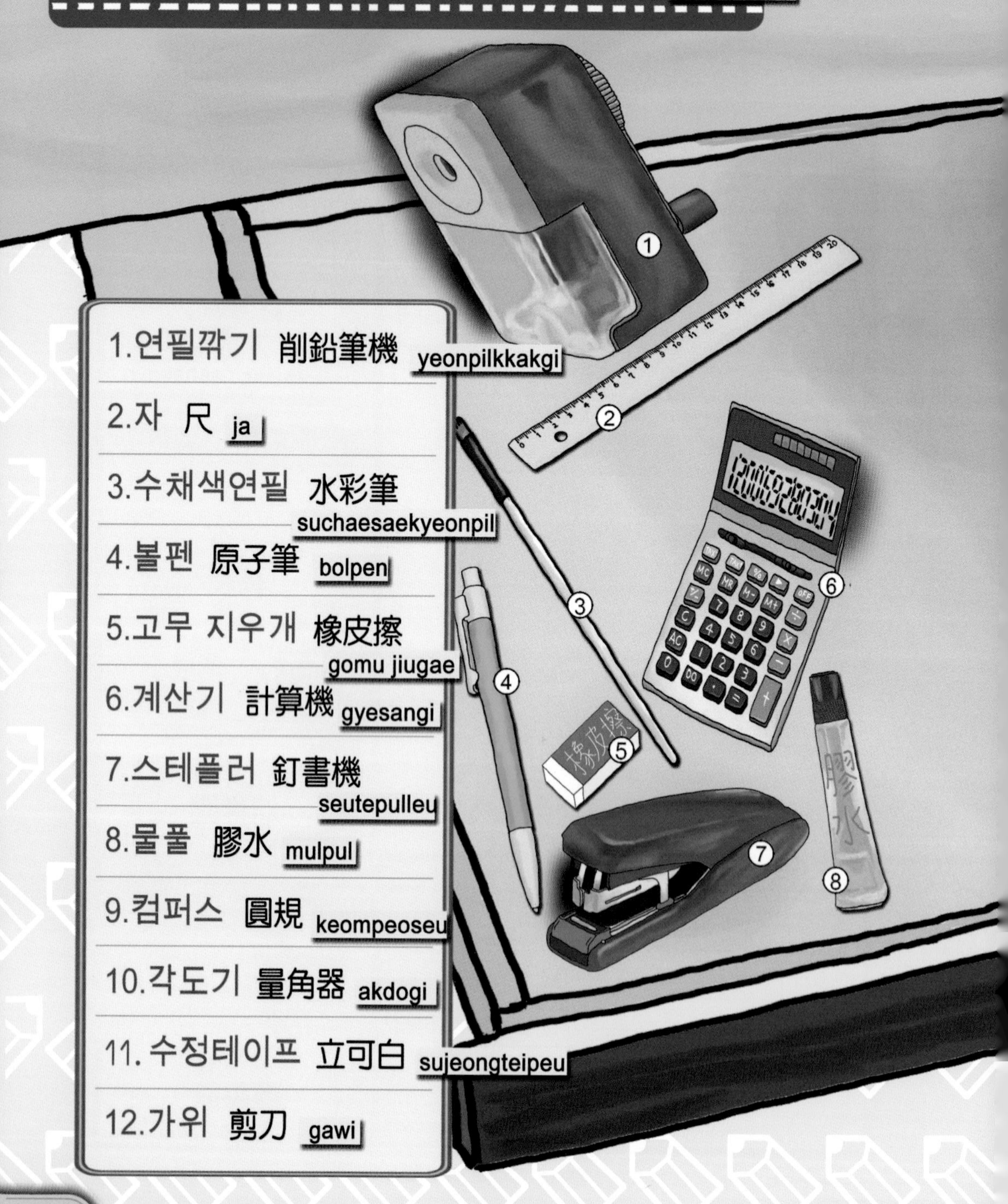

1. 연필깎기 削鉛筆機 yeonpilkkakgi
2. 자 尺 ja
3. 수채색연필 水彩筆 suchaesaekyeonpil
4. 볼펜 原子筆 bolpen
5. 고무 지우개 橡皮擦 gomu jiugae
6. 계산기 計算機 gyesangi
7. 스테플러 釘書機 seutepulleu
8. 물풀 膠水 mulpul
9. 컴퍼스 圓規 keompeoseu
10. 각도기 量角器 akdogi
11. 수정테이프 立可白 sujeongteipeu
12. 가위 剪刀 gawi

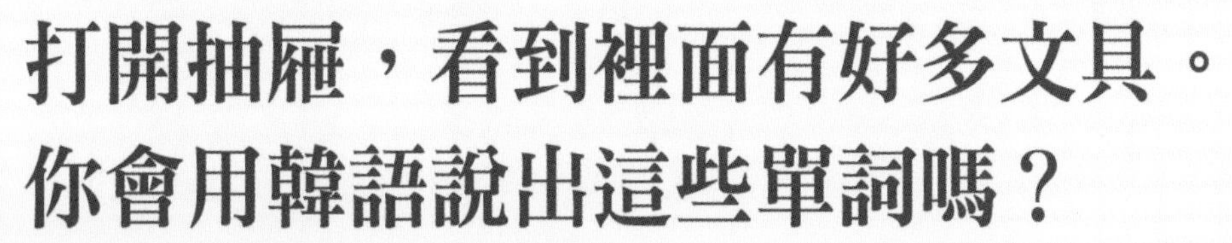

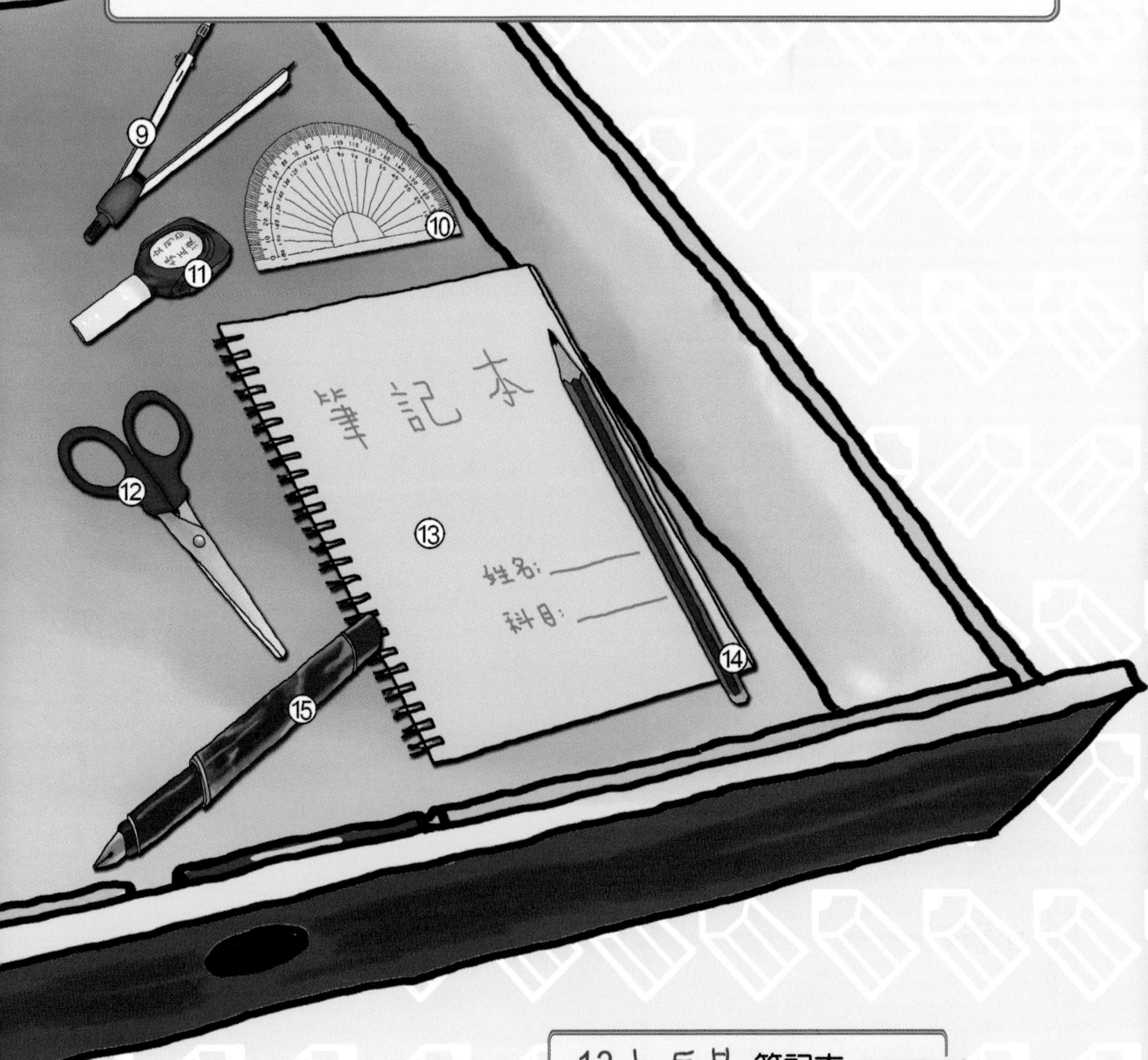

13. 노트북 筆記本 noteubuk

14. 연필 鉛筆 yeonpil

15. 펜 鋼筆 pen

各種方位的表現法

學了各種文具的說法以後，接著再學學看，如何說明各種文具的位置。

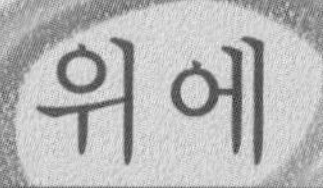

wie

鉛筆在桌子的上面，
用위에來表現。

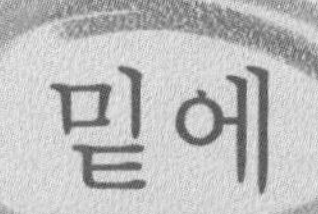

mite

剪刀在桌子下面，
用밑에來表現。

위쪽에

wijjoge

橡皮擦在桌子上方，
用위쪽에來表現。

안에
ane
尺在抽屜裡面，
用안에來表現。
앞에
ape
膠水在箱子的前面，
用앞에來表現。
뒤에
dwie
計算機在箱子後面，
用뒤에來表現。
가운데에
gaundee
立可白在削鉛筆機中間，
用가운데에當介系詞。

10 食物 음식 eumsik

CD-10

這個單元裡，我們要介紹各種食物的說法。
從早餐開始，學習說出各種食物。

開始

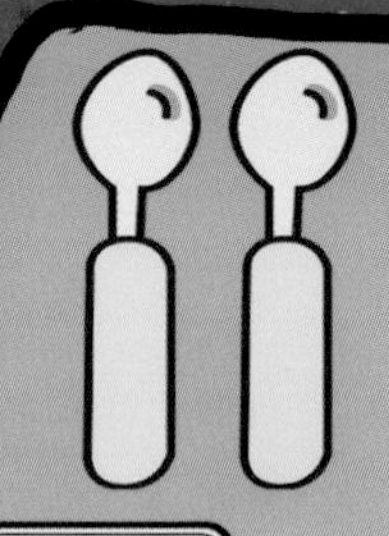

아침식사
早餐
achimsiksa

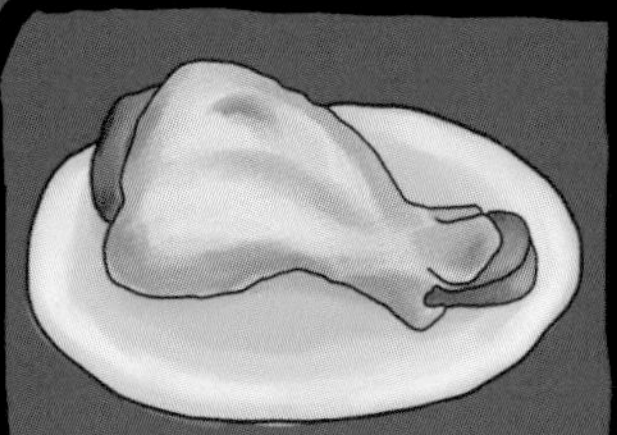

닭고기
雞肉
dakogi

생선
魚肉
saengseon

김치
泡菜
gimchi

저녁(밥)
晚餐
jeonyeok(bap)

비이프스테이크
牛排
biipeuseuteikeu

국수
麵
guksu

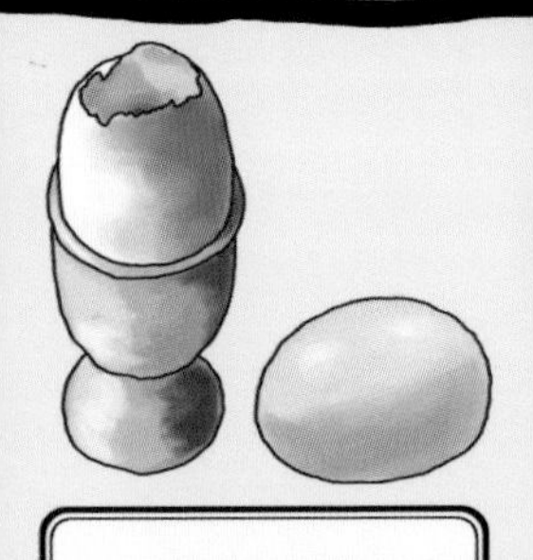

달걀
蛋 dalgyal

샌드위치
三明治 saendeuwichi

냉면
冷麵 naengmyeon

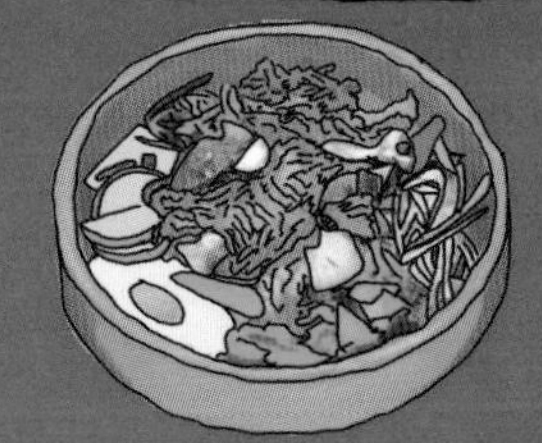

비빔밥
拌飯 bibimbap

점심
午餐 jeomsim

밥
飯 bap

샐러드
沙拉 saelleodeu

국
湯 guk

麵包與甜食

빵 과 과자

ppang gwa gwaja

麵包甜點方塊？
沒聽過嗎？
來玩玩看吧！

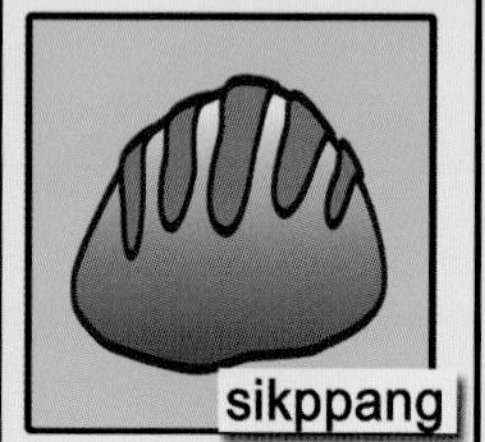

식빵
麵包

토스트
土司

빵
小圓麵包

햄버거
漢堡

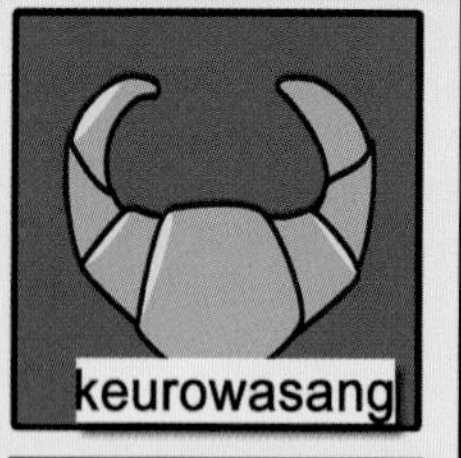

크로와상
牛角麵包

버터
牛油

케이크
蛋糕

치즈
乳酪

잼
果醬

쿠키
餅乾

과자
糖果

초콜릿
巧克力

아이스크림
冰淇淋

푸딩
布丁

各種飲料

歡迎來到飲料迷宮！從入口進入後，說出各種飲料的韓語名稱！

우유
牛奶

맥주
啤酒

포도주
葡萄酒

위스키
威士忌

브랜디
白蘭地

샴페인
香檳

11味道 맛 mat

CD-11

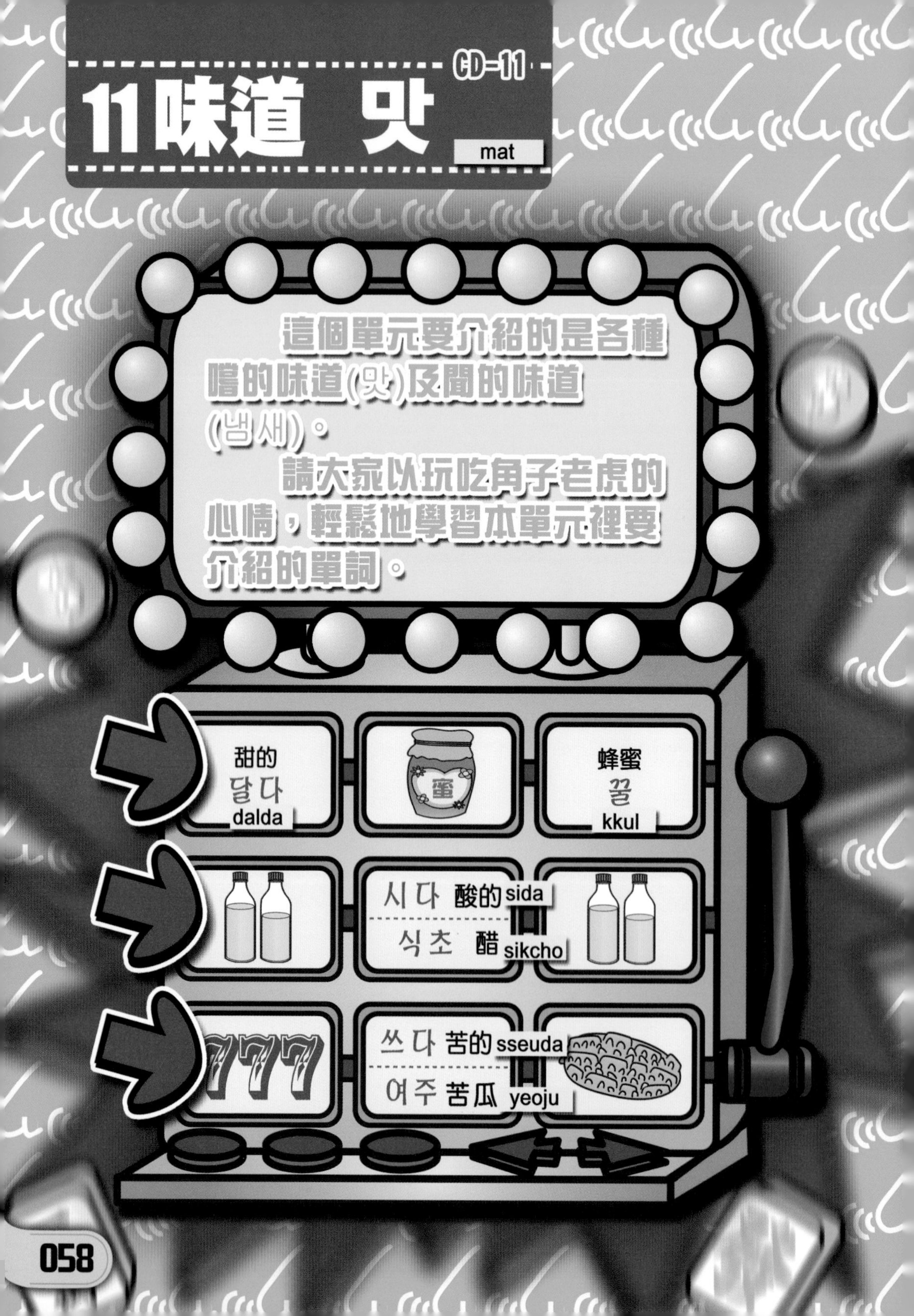

甲意贏的感覺！
獎金 1.099.378
BAR
BAR
BAR
맵다 辣的 maepda
小辣椒 고추 gochu
鹹的
짜다
jjada
醬油
간장
ganjang
爆
爆米花
팝콘
papkon
香的
향기롭다
냄새나다 臭的 naemsaenada
두부 豆腐
dubu

各種調味料
接下來介紹的是製造味道的調味料
설탕
糖
seoltang
소금
鹽
sogeum
후추
胡椒
huchu
겨자
芥末
gyeoja
BAR
BAR
BAR

12 蔬菜 야채 yachae

CD-12

這個單元裡，我們介紹各種蔬菜的說法。你會用韓語說出右邊架上各種水果的名稱嗎？

翻到下一面，可以學到各種不同蔬菜的說法。

菠菜
시금치 sigeumchi
萵苣
상치 sangchi
洋白菜
양배추 yangbaechu
玉米
옥수수 oksusu
小黃瓜
오이 oi
馬鈴薯
감자 gamja

你喜歡吃什麼菜呢？

試著用韓語說出這些菜的名字吧！

13 水果 과일 gwail

CD-13

你喜歡吃什麼水果呢？韓文的水果是：과일。

關於水果，除了要知道圖上的這些水果名稱以外，我們可以順便學一些和水果相關的形容詞：要形容水果很甜，可以用形容詞달다；形容水果很新鮮，可以用形容詞싱싱하다；成熟的水果，可以用形容詞익다來描述；多汁的水果，我們可以用즙 많다來形容。

사과
蘋果 sagwa

바나나
香蕉 banana

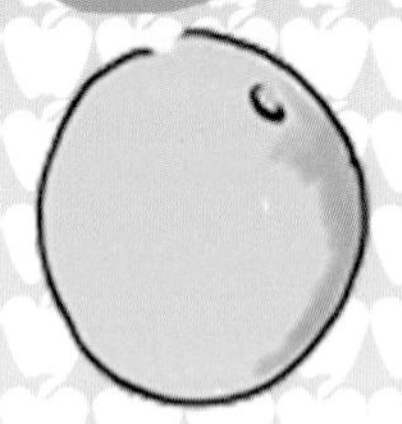

오렌지
柳丁 orenji

레몬
檸檬 remon

딸기
草莓 ttalgi

파인애플
鳳梨 painaepeul

참외
香瓜 chamoe
포도
葡萄 podo
수박
西瓜 subak
배
梨子 bae
파파야
木瓜 papaia
망고
芒果 manggo

各種和水果相關的形容詞

이 수박은 매우 답니다.

西瓜很甜。 i subageun maeu damnida

好的形容詞

달다 dalda	甜的	싱싱하다 singsinghada	新鮮的
익다 ikda	成熟的	즙 많다 jeummanta	多汁的

i bananaaneun neo mu ikeotseumnida

이 바나나는
너무 익었습니다.

香蕉太熟了。

壞的形容詞

마르다 乾的 mareuda	너무 익다 熟過頭的 neomu ikda
덜 익다 沒熟的 misukada	썩다 腐爛的 sseokda

更多的水果單詞

看播放器裡，有什麼水果...

복숭아
水蜜桃 boksunga

감
柿子 gam

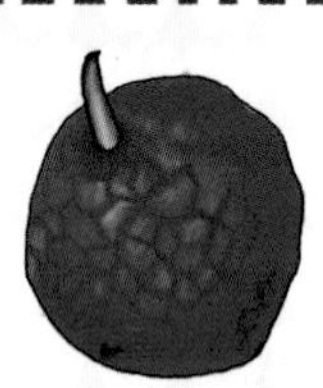

여지
荔枝 yeoji

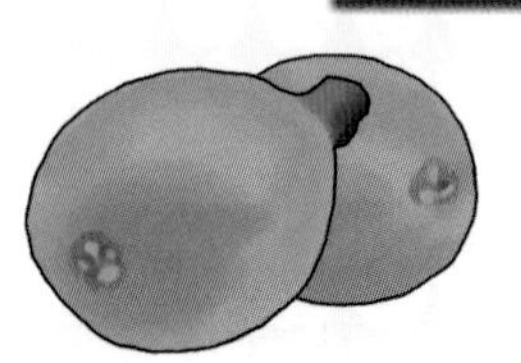

비파
批杷 bipa

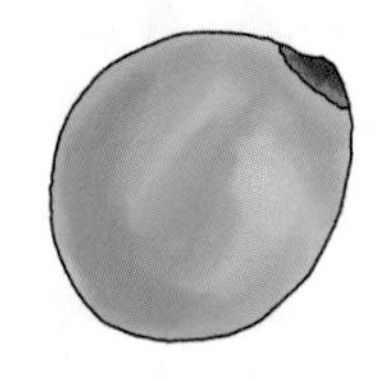

야자
椰子 yaja

앵두
櫻桃 aengdu

14 職業 직업 jigeop

CD-14

最近有寫信給朋友或家人嗎？貼上郵票之前，藉著郵票學習各種職業的韓語說法...

요리사
廚師 yorisa

경찰
警察 gyeongchal

농부
農夫 nongbu

택시운전수
計程車司機 taeksiunjeonsu

노동자
工人 nodongja

군인
軍人 gunin

재봉사 裁縫師 jaebongsa	비행사 飛機駕駛 bihaengsa	우체부 郵差 uchebu

웨이터 服務生 weiteo	기자 記者 gija	카메라맨 攝影師 kameramaen

詢問職業的對話

想要詢問別人的職業的話，
有兩種基本的提問法...

問法一

당신의 직업은 무엇입니까?
您的職業是什麼呢？
dangsinuijigeobeun mueosimnikka

問法二

당신은 어떤 직업에 종사하고 있습니까？
您的職業是什麼呢？
dangsineun eotteon jigeobe jongsahago itseumnikka

나는＋職業名＋입니다.

나는 선생입니다.
我是老師。
naneun seonsaengimnida

找工作三部曲

你會用韓語說出和找工作相關的表現法嗎？

실직하다	일을 찾다	일을 찾아내다
失業	**找工作**	**找到工作**
sirjikhada	ireul chatda	ireul chajanaeda

用上面的片語來造個句子吧。

나는 실직했습니다.
我失業了。
naneun sirjikhaetseumnida

나는 일을 찾고 있습니다.
我正在找工作。
naneun ireul chatgo itseumnida

나는 일을 찾아냈습니다.
我找到工作了。
naneun ireul chajanaetseumnida

和職業相關的單詞

15 建築物 건축물 geonchungmul

CD-15

到街上逛逛吧！你會用韓語說出街上的各種建築物的名稱嗎？這個單元裡面，我們要學習這些建築的說法。

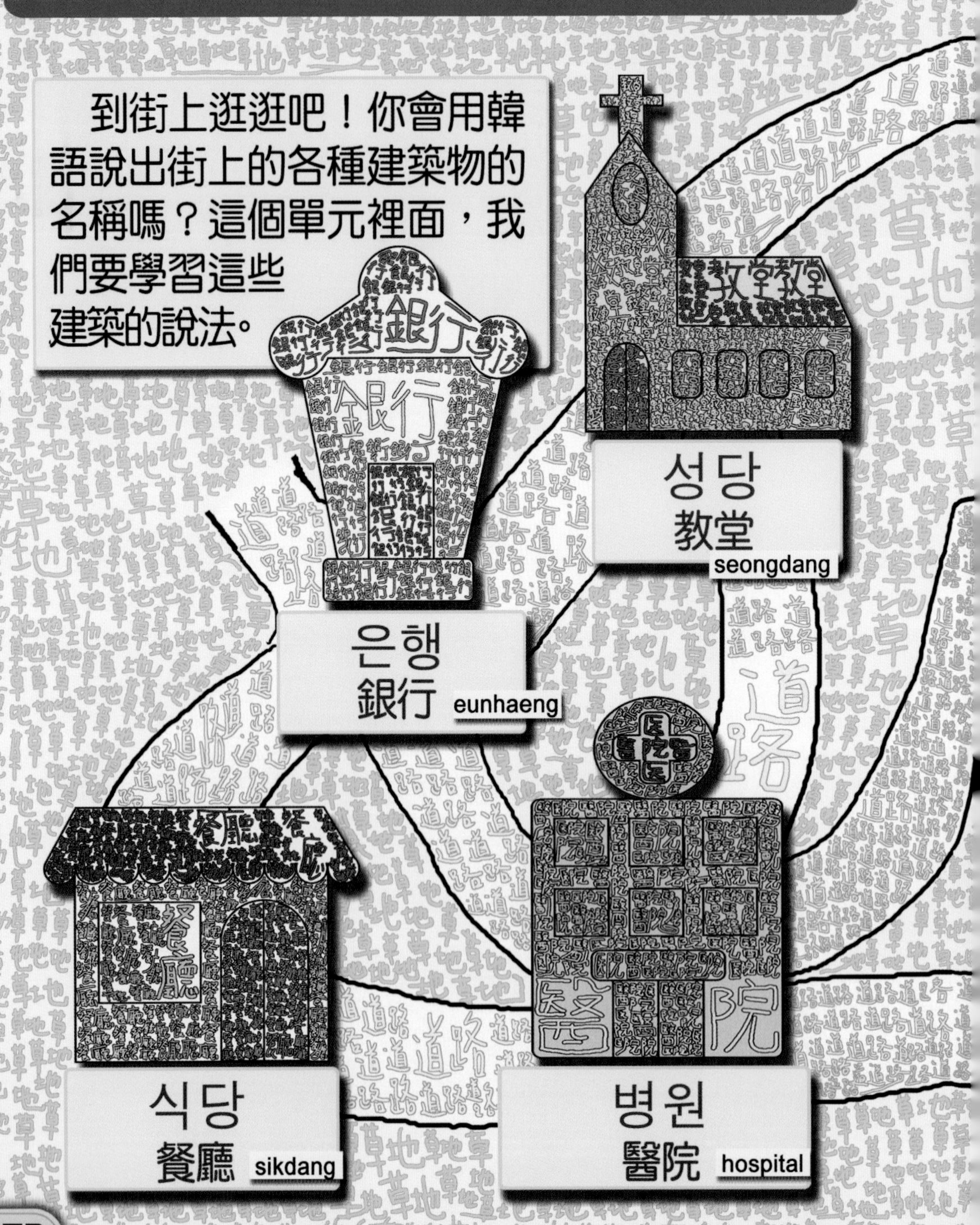

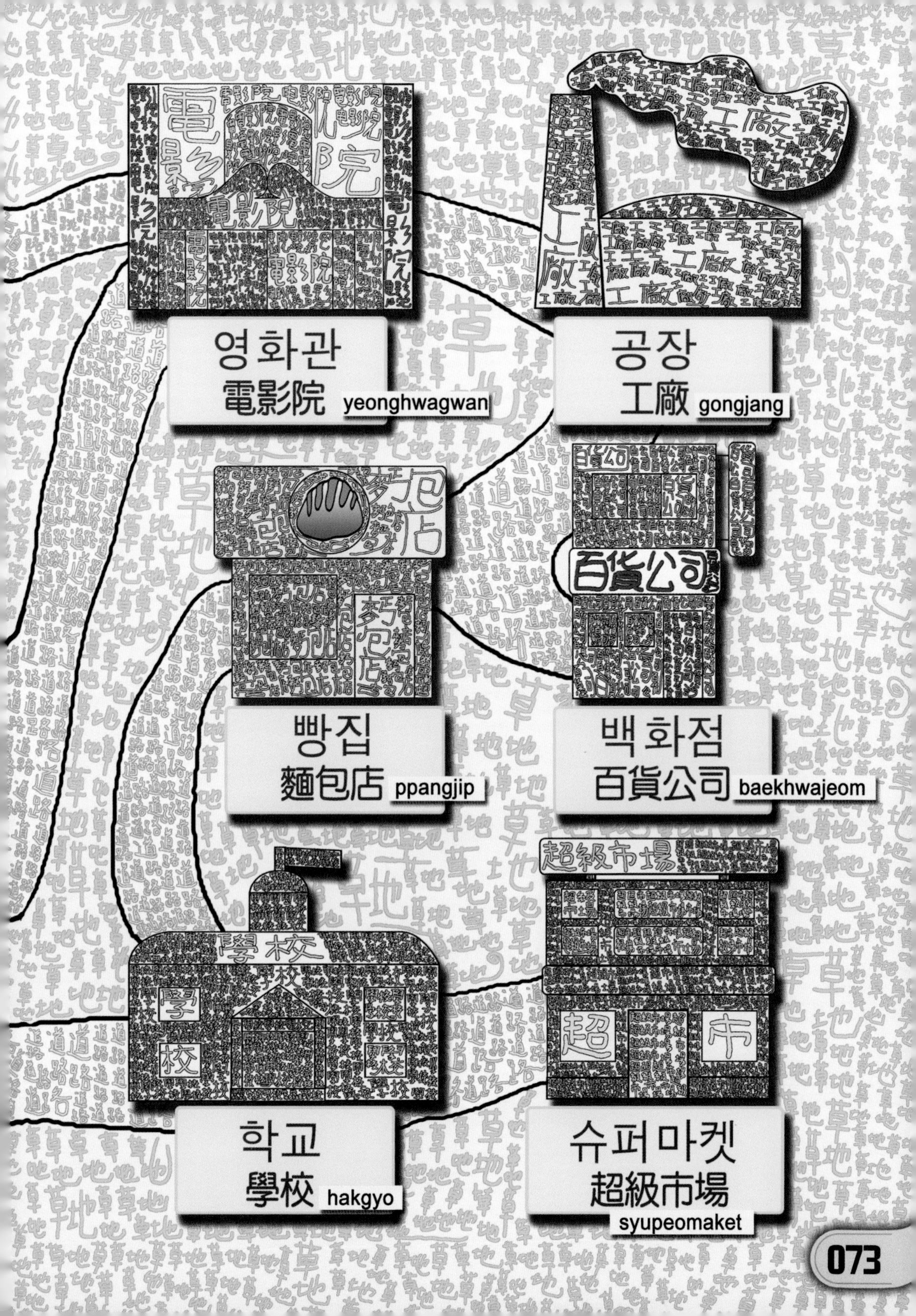
영화관
電影院
yeonghwagwan
공장
工廠
gongjang
빵집
麵包店
ppangjip
백화점
百貨公司
baekhwajeom
학교
學校
hakgyo
슈퍼마켓
超級市場
syupeomaket

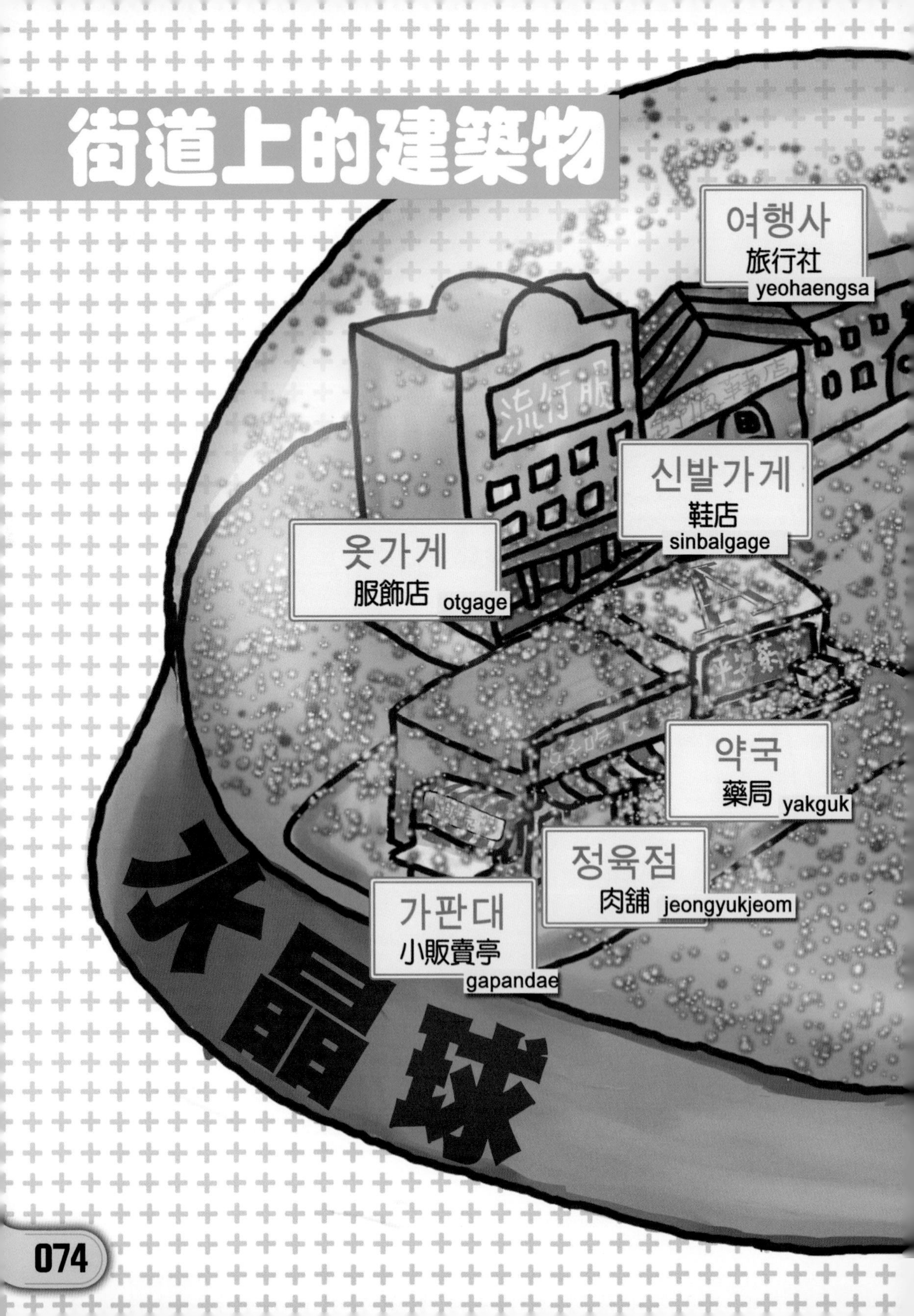
街道上的建築物
여행사
旅行社
yeohaengsa
流行服
신발가게
鞋店
sinbalgage
옷가게
服飾店
otgage
약국
藥局
yakguk
정육점
肉舖
jeongyukjeom
가판대
小販賣亭
gapandae
水晶球

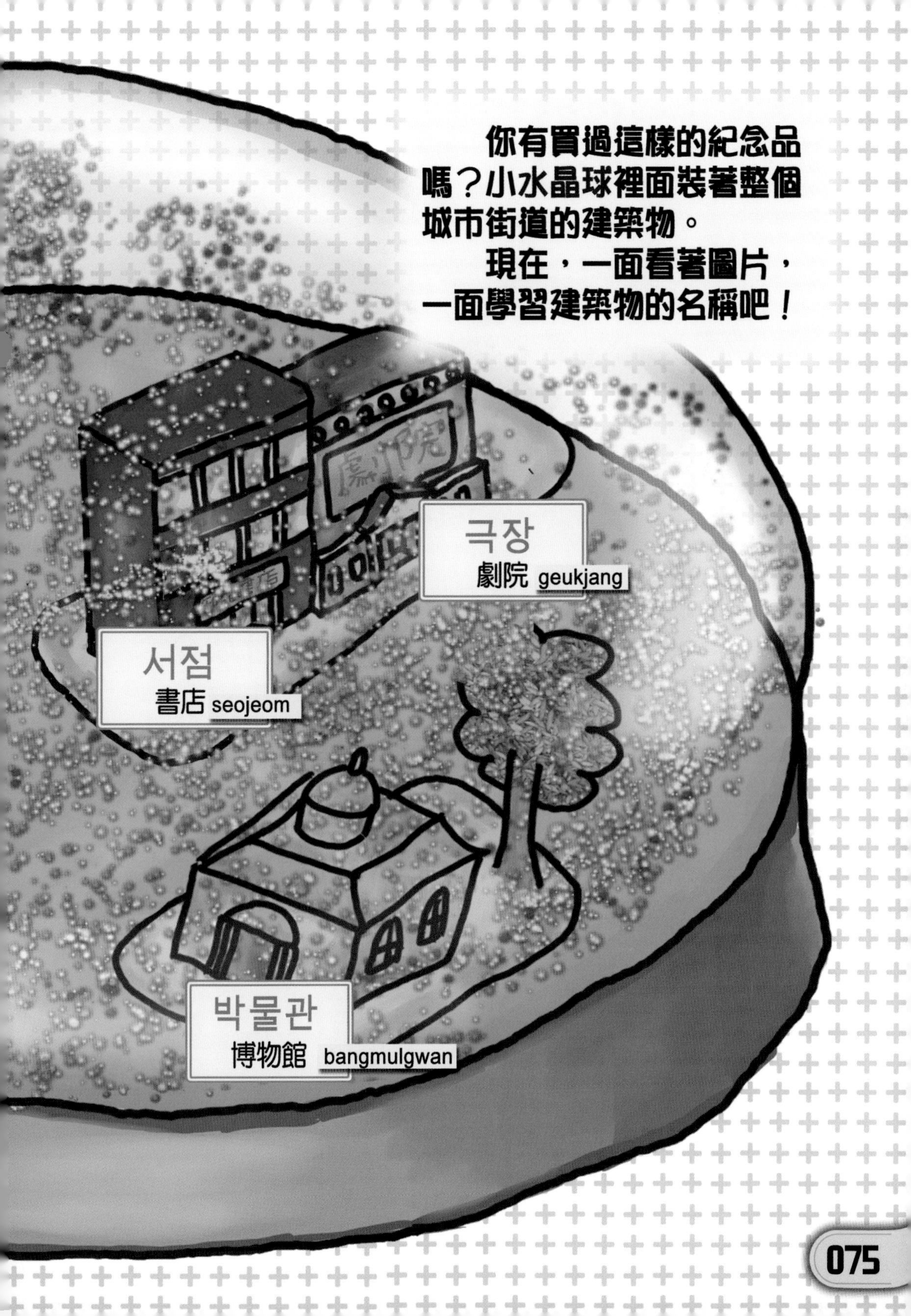
你有買過這樣的紀念品嗎？小水晶球裡面裝著整個城市街道的建築物。
現在，一面看著圖片，一面學習建築物的名稱吧！
극장
劇院 geukjang
서점
書店 seojeom
박물관
博物館 bangmulgwan

基礎問路用語

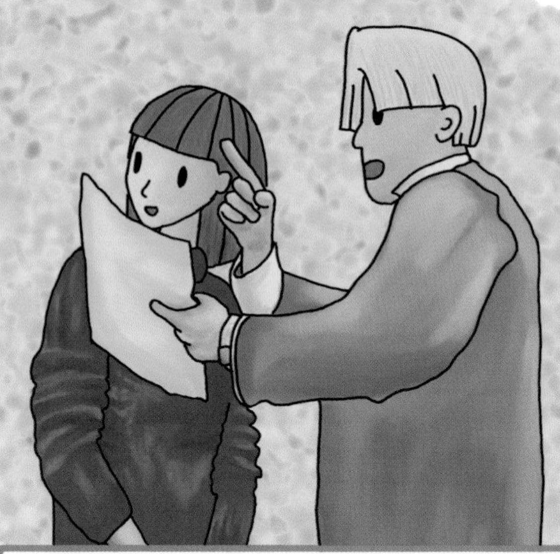

某地 + 어디에 있습니까?

여행자센터가 어디에 있습니까?

旅客服務中心在哪呢？

yeohaengjasenteoga eodie itseumnikka

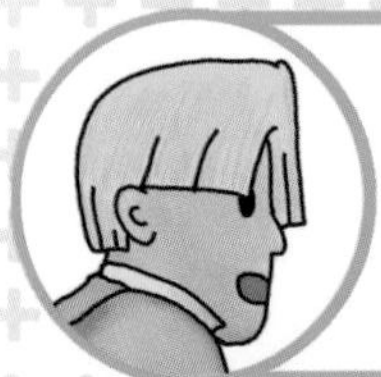

먼저 왼쪽으로 가다가 오른쪽으로 똑바로 가세요.

請您先往左，再往右直走。

meonjeo wuenjjogeuro gadaga oreunjjogeuro ttokbaro

各種方向

왼쪽	똑바로 가다	오른쪽
往左	**直走**	**往右**
wuenjjok	ttokbaro gada	oreunjjok

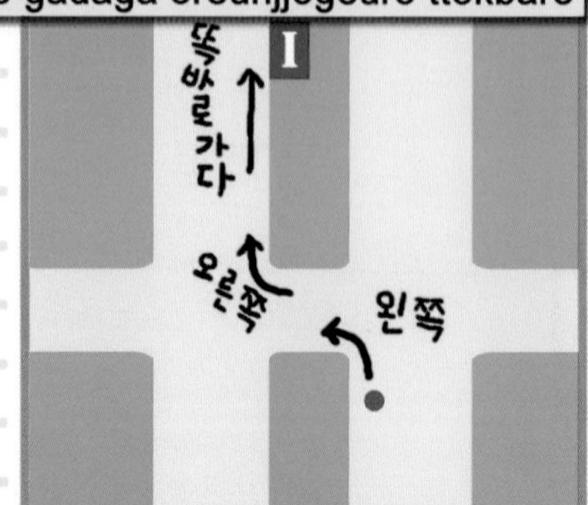

16 信件 편지

pyeonji

CD-16

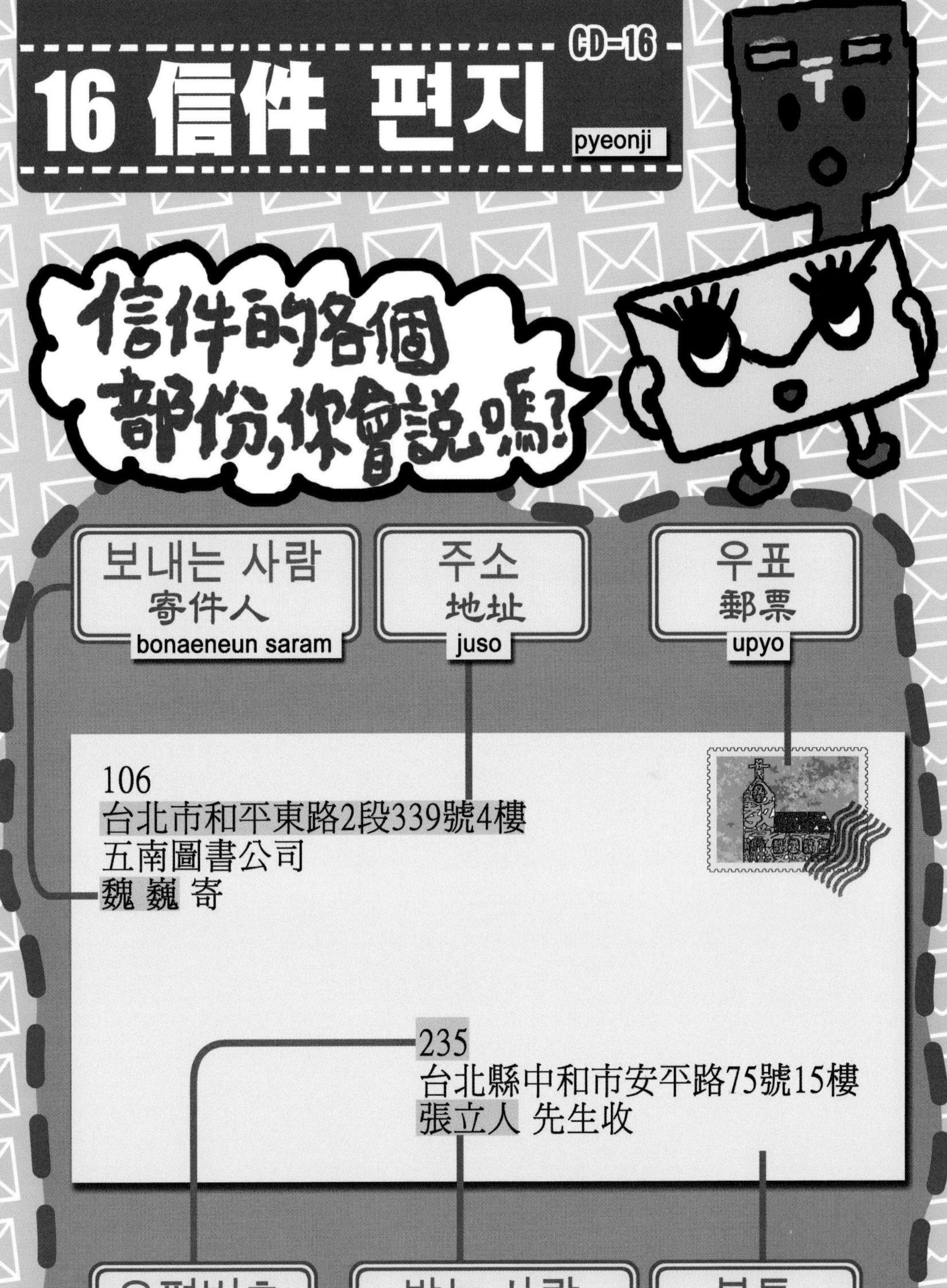

各種不同的信件
火車來啦！看著各個車廂，學習韓語中，各種不同信件的說法。
우체통
信箱
uchetong
소포
包裹
sopo
엽서
明信片
yeopseo
속달우편
限時信件
sokdarupyeon
등기우편
掛號信件
deunggiupyeon
항공우편
航空郵件
hanggongupyeon

17 病痛 질병 jilbyeong

CD-17

你會用韓語說出身體那裡不舒服嗎？讓我們藉著魔術方塊，學習和病痛相關的單詞吧！

두통
頭痛 dutong

열나다
發燒 yeollada

머리가 어지럽다
頭昏 meoriga eojirubda

배 아프다
肚子痛 bae apeuda

이 아프다
牙齒痛 i apeuda

변비
便秘 byeonbi

심장병
心臟病 simjangbyeong

감기
感冒 gamgi

염증
發炎 yeomjeung

和醫院相關的單詞

의사
醫生 uisa

간호부
護士 ganhobu

병자
病人 byeongja

주사
打針 jusa

연고
藥膏 yeongo

정제
藥片 jeongje

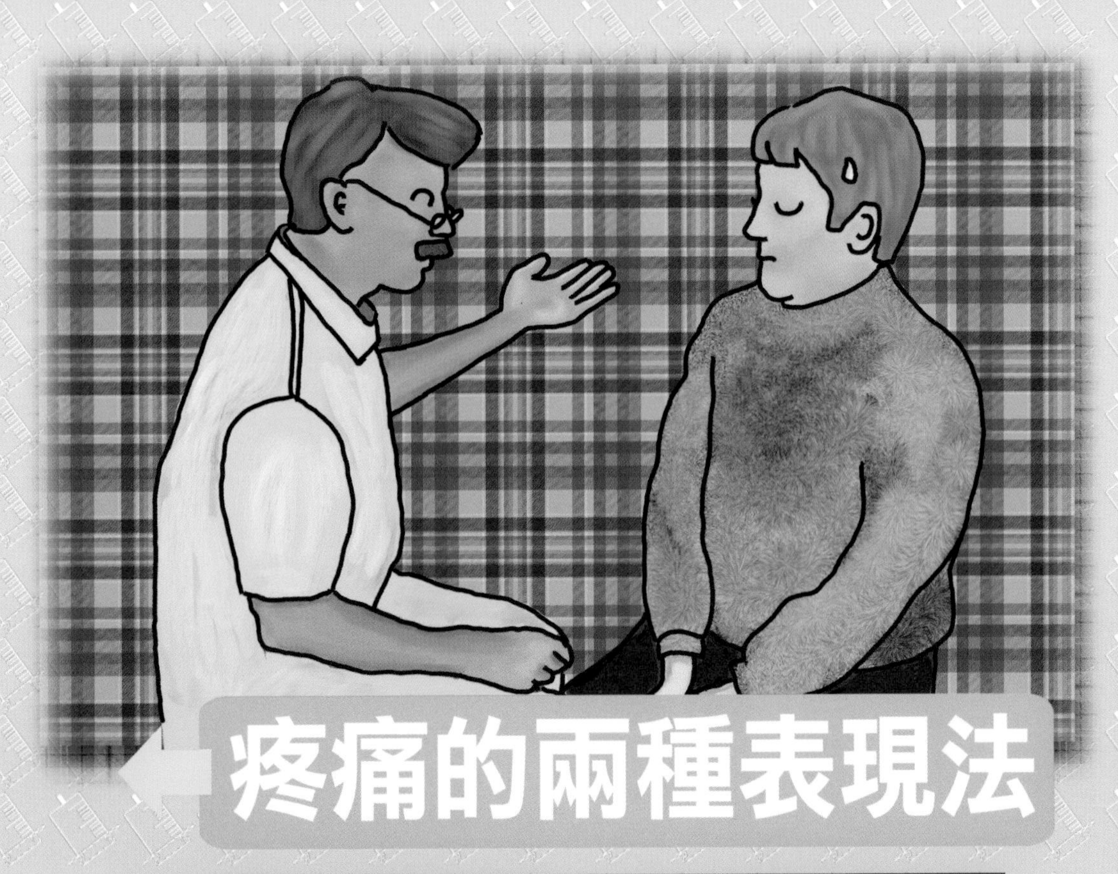

疼痛的兩種表現法

몸이 어디가 아픕니까?
身體哪裡不舒服?
momi eodiega apeeupnikka

說法一

저는 머리가 아픕니다.
我頭痛。
jeoneun meoriga apeumnida

說法二

저의 머리가 아픕니다.
我的頭在痛。
jeouimeoriga apeumnida

18 衣物 옷 ot

CD-18

打開你的衣櫥吧！
在這個單元裡面，我們要介紹各種服裝的韓語說法。
후드자켓
連帽運動衣
hudeu jaket
풀오버
套頭毛衣
purobeo
양복
西裝
yangbok
청바지
牛仔褲
cheongbaji
셔츠
襯衫
syeosseu
블라우스
女性襯衫
beullauseu

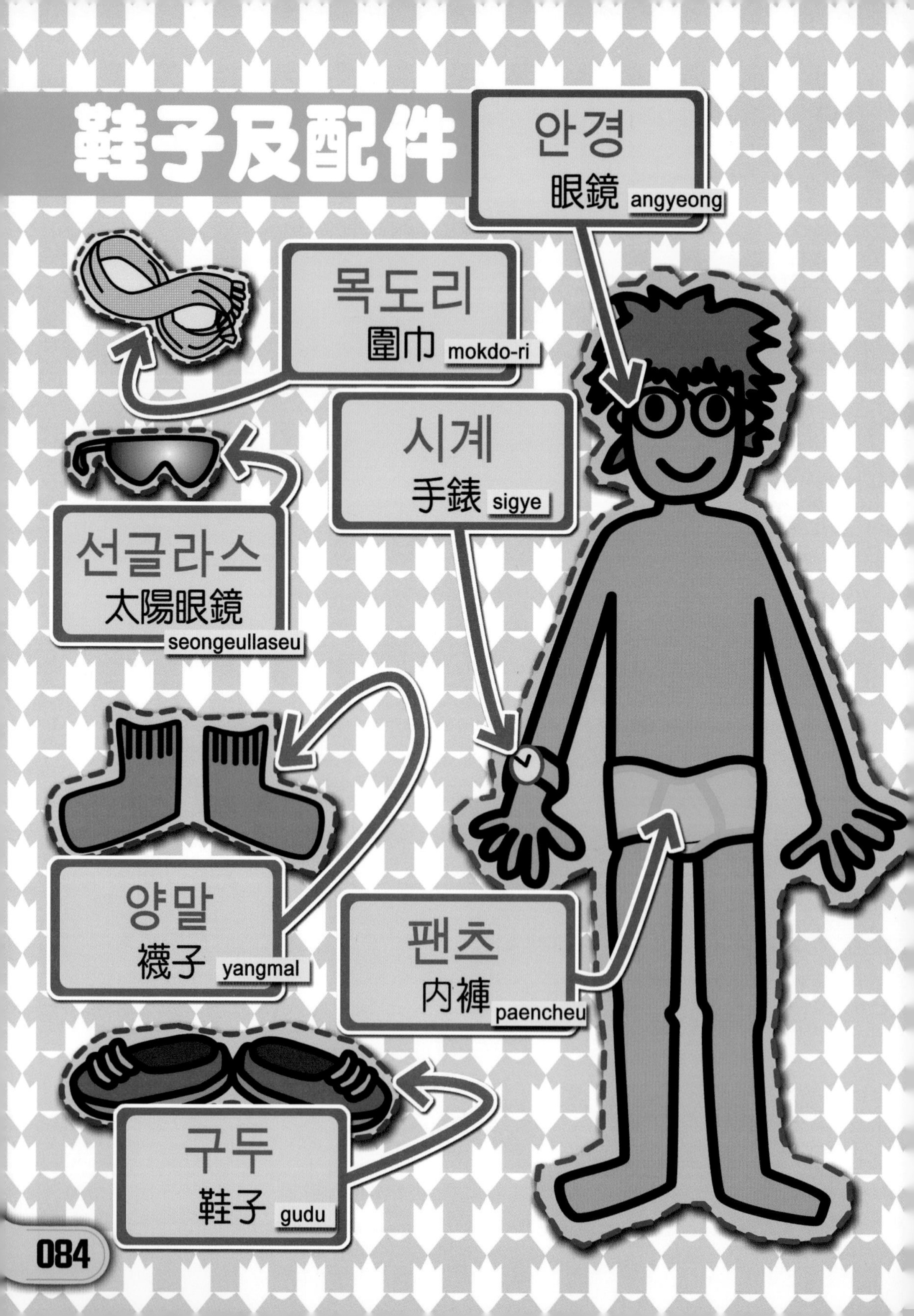
鞋子及配件
안경
眼鏡 angyeong
목도리
圍巾 mokdo-ri
시계
手錶 sigye
선글라스
太陽眼鏡
seongeullaseu
양말
襪子 yangmal
팬츠
內褲 paencheu
구두
鞋子 gudu

來幫公仔穿衣服吧！你會用韓語說出公仔所要戴的裝飾品還有要穿的鞋子嗎？
귀걸이
耳環 gwigeori
목걸이
項鍊 mokgeori
장갑
手套 janggap
수영복
游泳衣 seuyeongbok
모자
帽子 moja
반지
戒指 banji
장화
靴子 janghwa

衣服的各部分

你喜歡血拼買衣服嗎？　打開介紹衣服的型錄，一面看著流行的服飾，一面學習用韓語說出衣服的各部分。

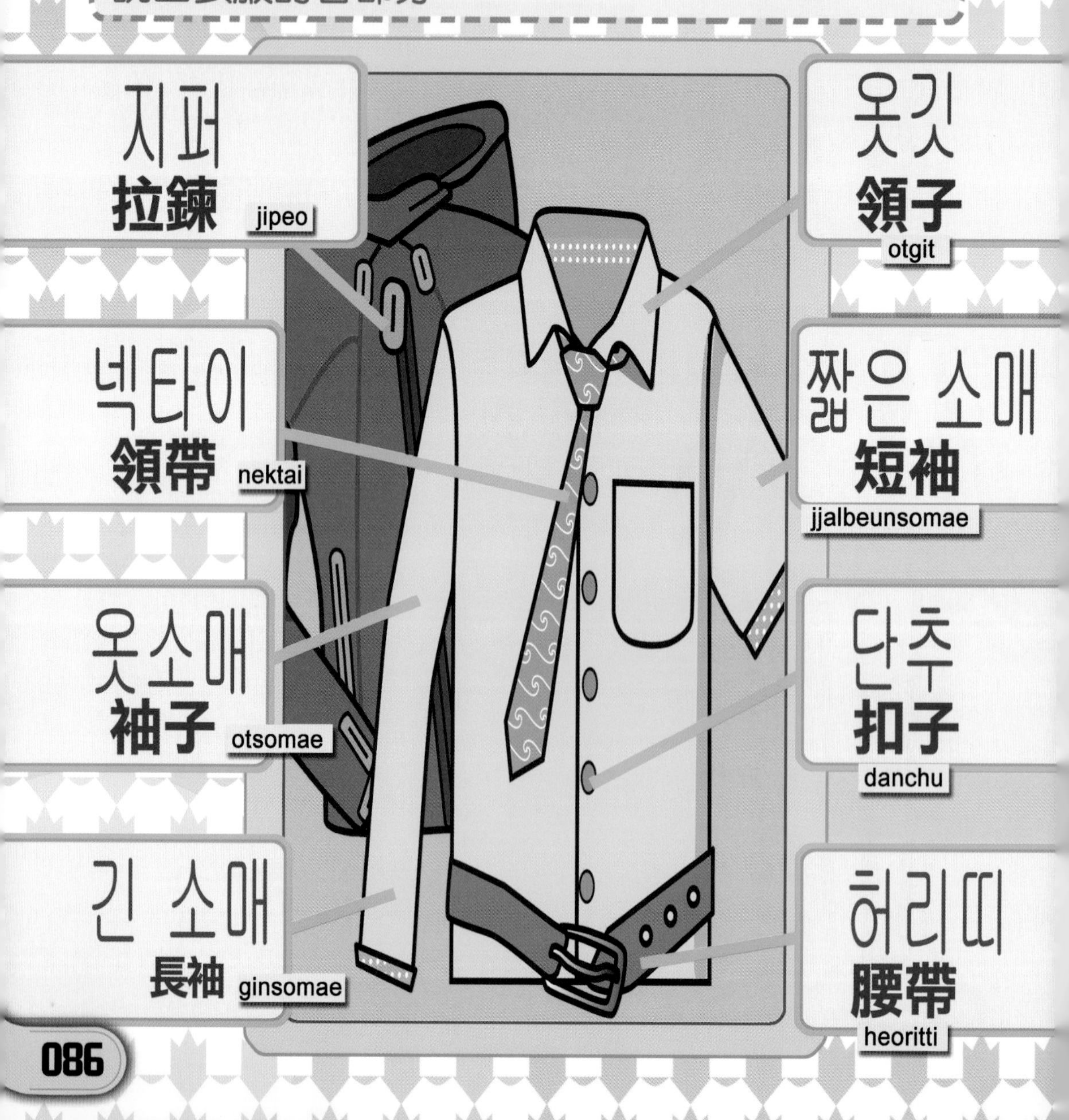

試衣服
입어봐도 됩니까?
可以試穿嗎？
Ibeobwado doemnikka
탈의실은 어디에 있습니까?
試衣間在哪呢？
taruisireun eodie itseumnikka

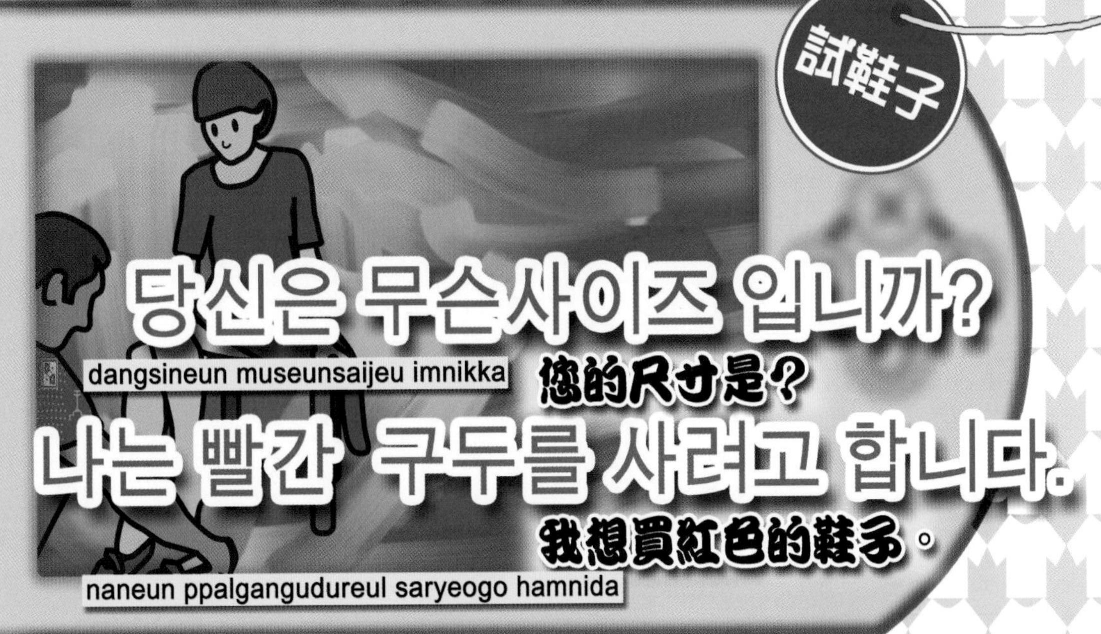
試鞋子
당신은 무슨사이즈 입니까?
dangsineun museunsaijeu imnikka
您的尺寸是？
나는 빨간 구두를 사려고 합니다.
我想買紅色的鞋子。
naneun ppalgangudureul saryeogo hamnida

試穿時的用語

一面走迷宮，一面用韓語學習交通工具的說法！

자전거
腳踏車
jajeongeo
오토바이
摩托車
otobai
삼륜차
三輪車
samlyuncha
요트
帆船
yoteu
MaoKong
케이블카
纜車
keibeulka
배
船
bae
헬리콥터
直昇機
hellikopteo
終點
走出迷宮，
學會了嗎？

汽車的各個部分

你會用韓語說出汽車的各個部分嗎？

現在一面看圖，一面學學看這些單詞！

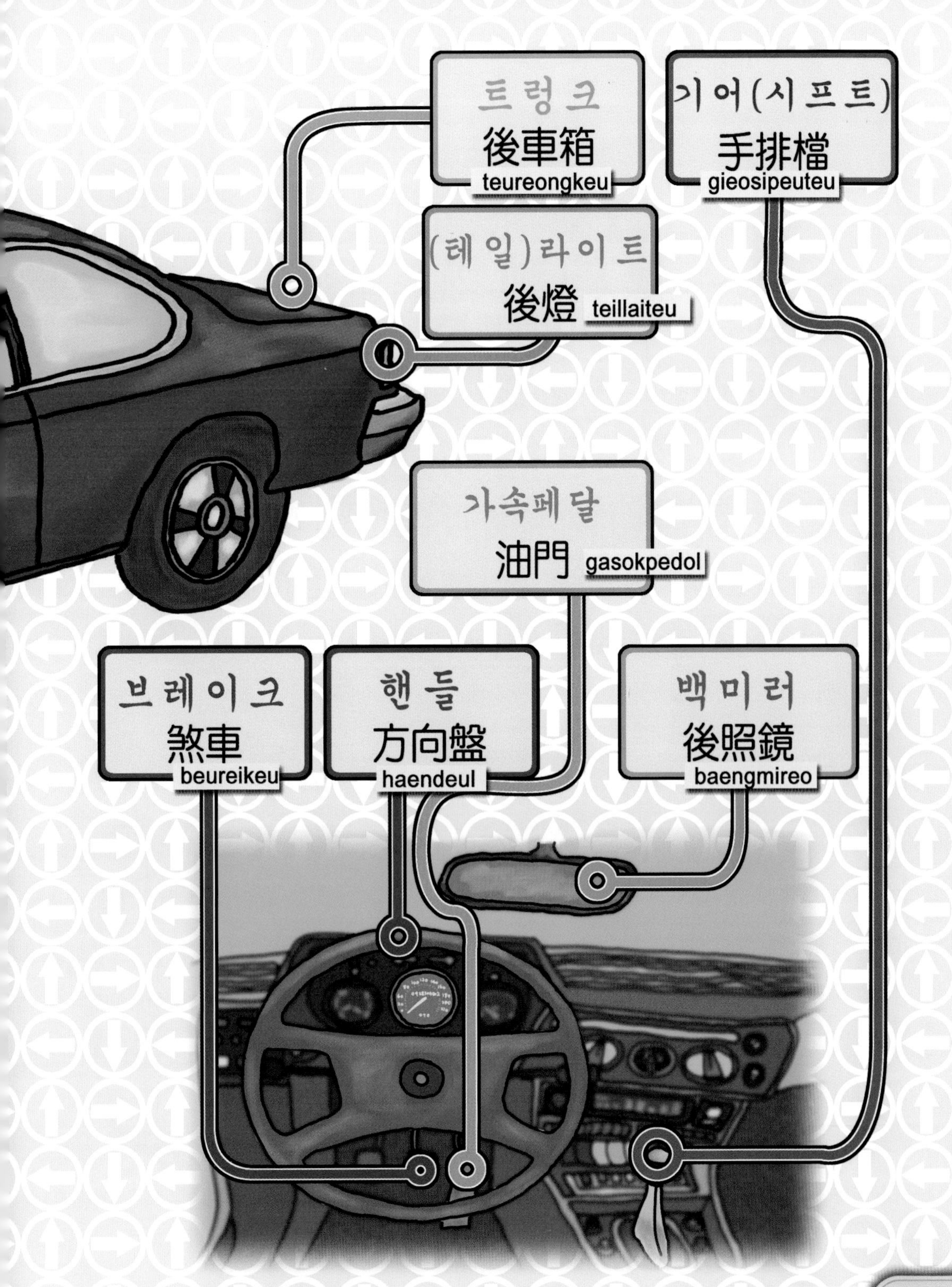
트렁크
後車箱
teureongkeu
기어(시프트)
手排檔
gieosipeuteu
(테일)라이트
後燈
teillaiteu
가속페달
油門
gasokpedol
브레이크
煞車
beureikeu
핸들
方向盤
haendeul
백미러
後照鏡
baengmireo

20 動物 동물 dongmul

CD-20

這個單元的主題是各式各樣的動物。其中包括了可愛的動物、農莊裡動物以及動物的叫聲。

我們從在動物園裡面會看見的動物開始介紹起。

請一面看著圖畫一面記下這些單詞吧。

낙타
駱駝
nakta

공작새
孔雀
gongjaksae

원숭이
猴子
wonsungi

동물원
動物園
dongmurwon
코끼리
大象
kokkiri
호랑이
老虎
horangi
말
馬
mal
이리
狼
i-ri
코뿔소
犀牛
ko bbul so
양
羊
yang
기린
長頸鹿
girin

可愛動物的照片

認識了動物園裡面的動物之後，再來看著照片，學習可愛動物的韓語名稱以及各種動物的叫聲吧！

各種動物的叫聲

牧場上的動物
可愛度 100%
試用韓語說出牧場上的動物名稱。
老鼠
jwi 쥐
鴿子
bidulgi 비둘기
公雞
sutak 수탉
小雞
byeongari 병아리
蛇
baem 뱀

鸚鵡
aengmusae
앵무새
牛
so
소
鵝
geowi
거위
兔子
tokki
토끼
天鵝
baekjo
백조
鴨
o-ri
오리

21 興趣 취미 chuimi

CD-21

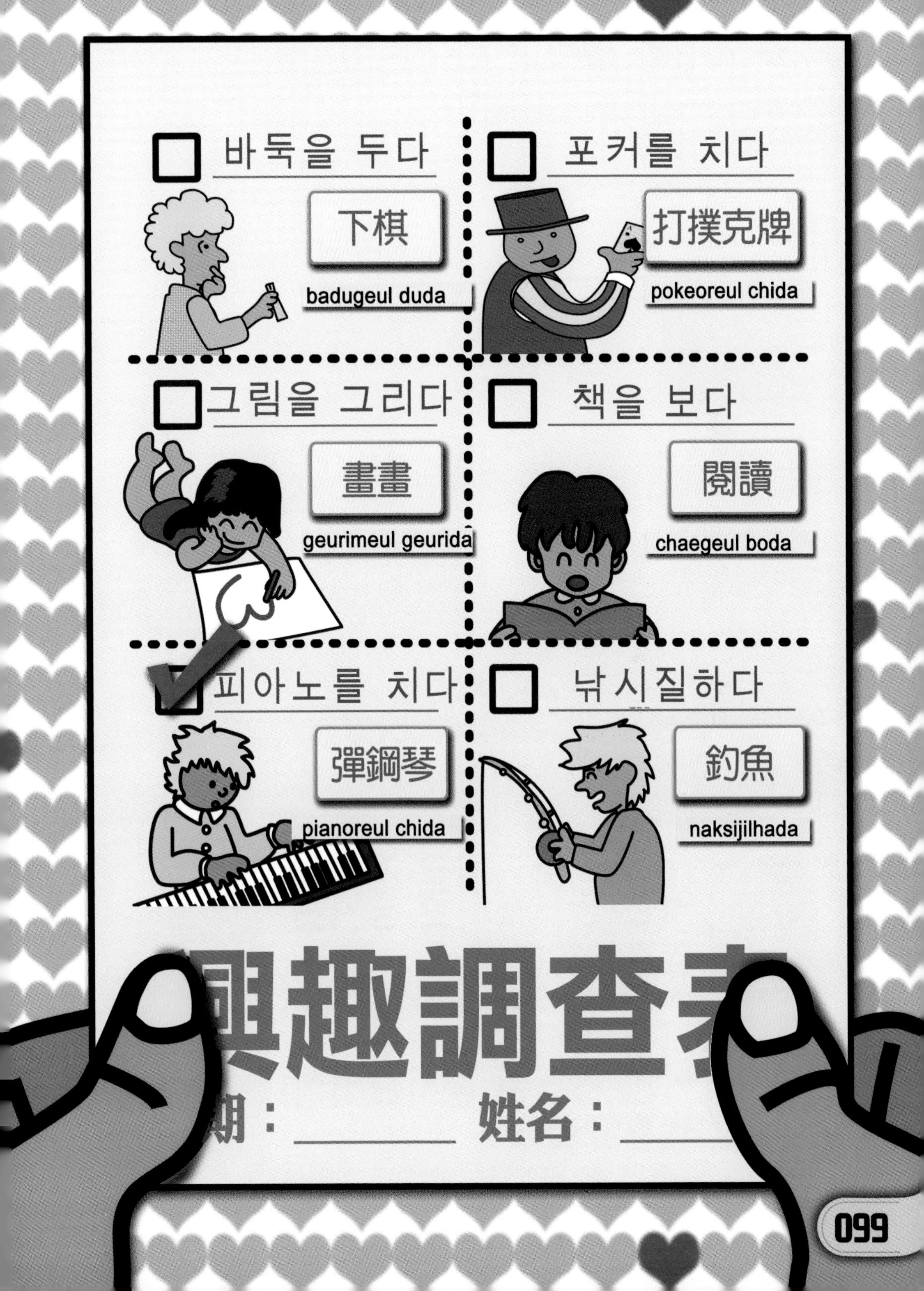
바둑을 두다
下棋
badugeul duda
포커를 치다
打撲克牌
pokeoreul chida
그림을 그리다
畫畫
geurimeul geurida
책을 보다
閱讀
chaegeul boda
피아노를 치다
彈鋼琴
pianoreul chida
낚시질하다
釣魚
naksijilhada
興趣調查表
姓名：

兩種興趣的表現法

당신은 무슨 취미가 있습니까?
您的興趣是什麼？
dangsineun museunchui miga isseumnikka

說法一

나는 음악듣기를 좋아합니다.
我喜歡聽音樂。
naneun eumakdeutgireul joahamnida

說法二

나는 음악을 좋아합니다.
我喜歡音樂。
naneun eumageul joahamnida

CD-22
22 音樂 음악
eumak

喜歡聽音樂嗎？讓我們來學習各種和音樂相關的單詞吧。
노래 歌曲 nolae
음악가 音樂家 eumakga
가사 歌詞 gasa
음악회 音樂會 eumakhoe
곡조 曲調 gokjo
유행노래 流行歌曲 yuhaengnorae

不同類型的音樂

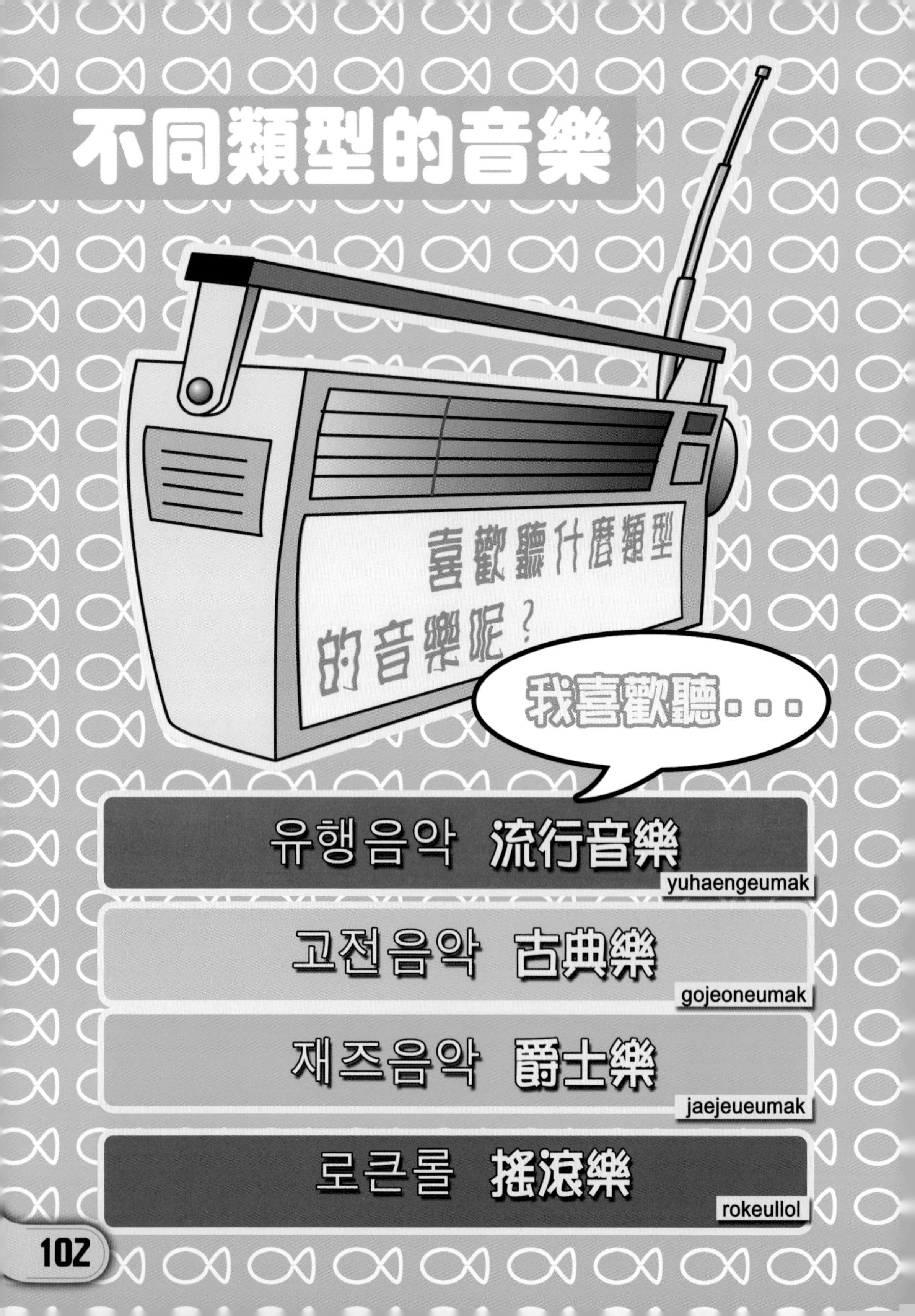

유행음악 流行音樂
yuhaengeumak

고전음악 古典樂
gojeoneumak

재즈음악 爵士樂
jaejeueumak

로큰롤 搖滾樂
rokeullol

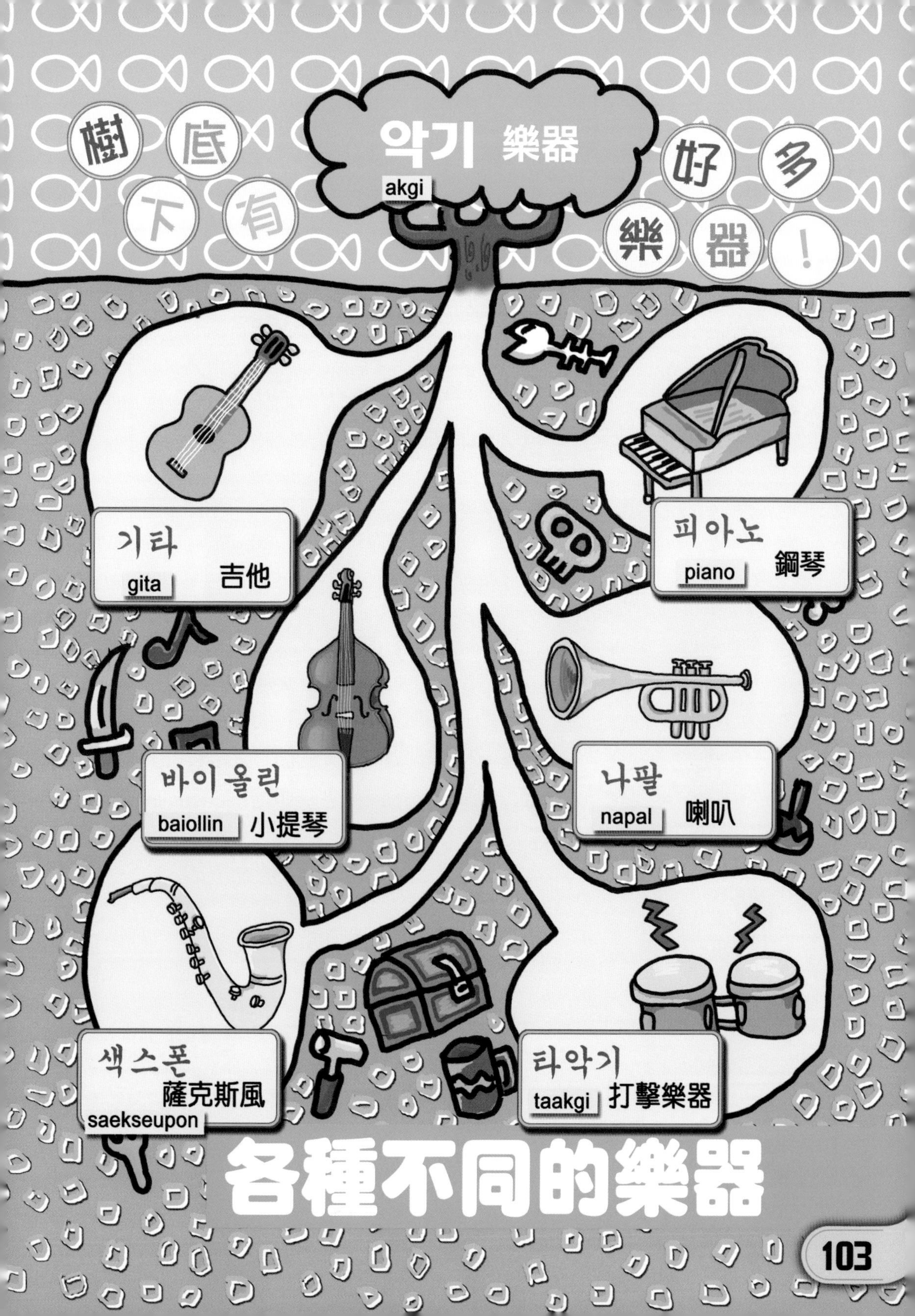
樹底下有
악기 樂器
akgi
好多樂器！
기타
gita 吉他
피아노
piano 鋼琴
바이올린
baiollin 小提琴
나팔
napal 喇叭
색스폰
薩克斯風
saekseupon
타악기
taakgi 打擊樂器
各種不同的樂器

23 運動 운동 undong

CD-23

你喜歡做運動嗎？在這個單元裡面，我們要介紹各種運動的韓語說法。首先我們藉著電影的底片，來學習各種球類的名稱。

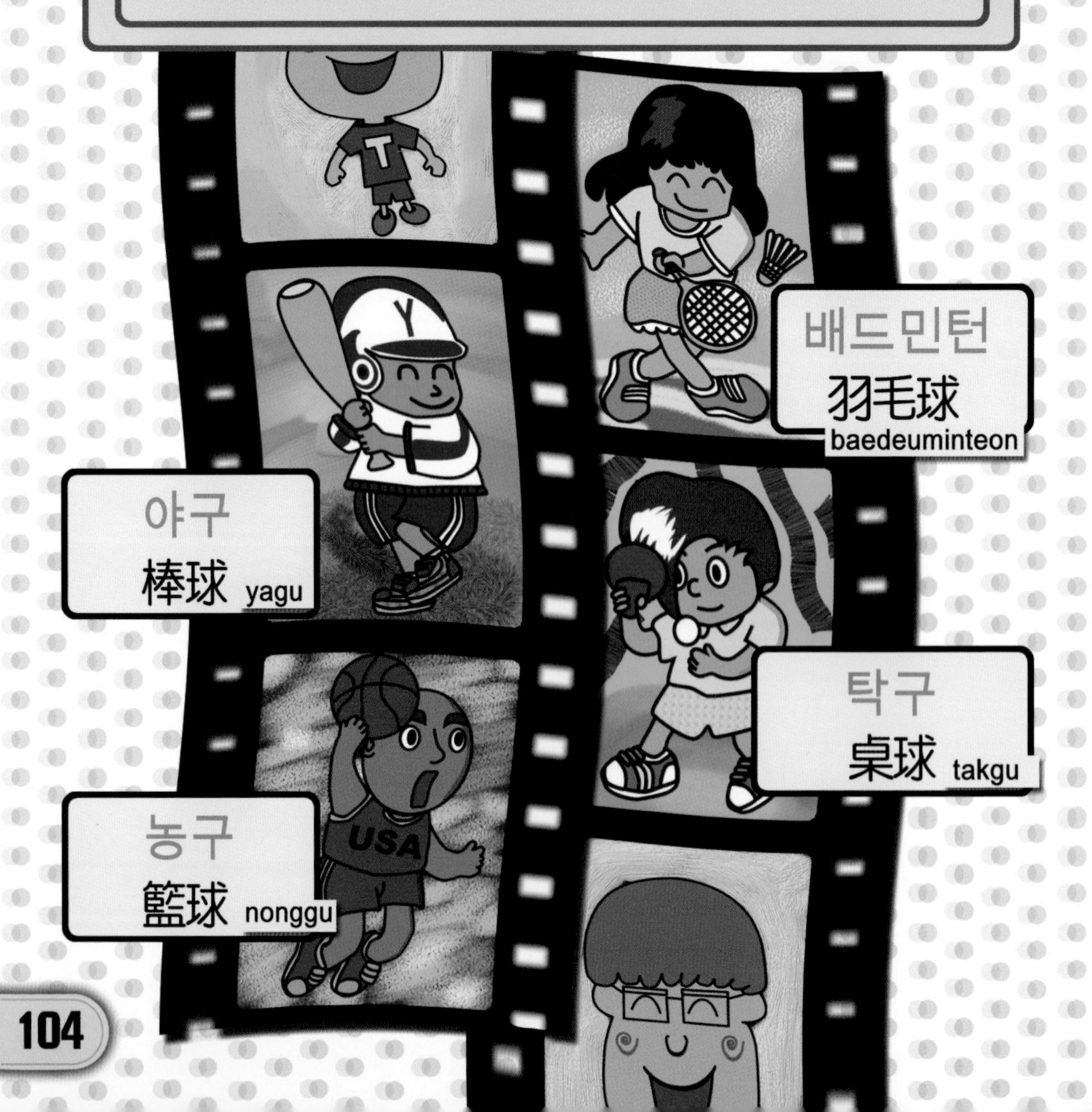

축구
足球
chukgu
배구
排球 baegu
골프
高爾夫球
golpeu
테니스
網球 teniseu
볼링
保齡球
bolling
하키
曲棍球 haki

各式各樣的運動

你喜歡看電視上現場轉播的運動賽事嗎？

現在就讓我們看著電視螢幕學習各種運動的韓語說法吧！

수영

游泳 suyeong

조깅

慢跑 joging

높이뛰기

跳高 nopittwigi

넓이뛰기

跳遠 neolbittwigi

복싱

拳擊 boksing

자전거타기

騎腳踏車 jajeongeotagi

체조
體操
chejo

스키
滑雪
seuki

역도
舉重
yeokdo

다이빙
潛水
daibing

승마
騎馬
seoung ma

투창
標槍
tuchang

24 韓國 한국

hanguk

CD-24

帶著你的行李出國旅行吧！

請看圖認識韓國各個重要的城市以及有名的觀光景點。

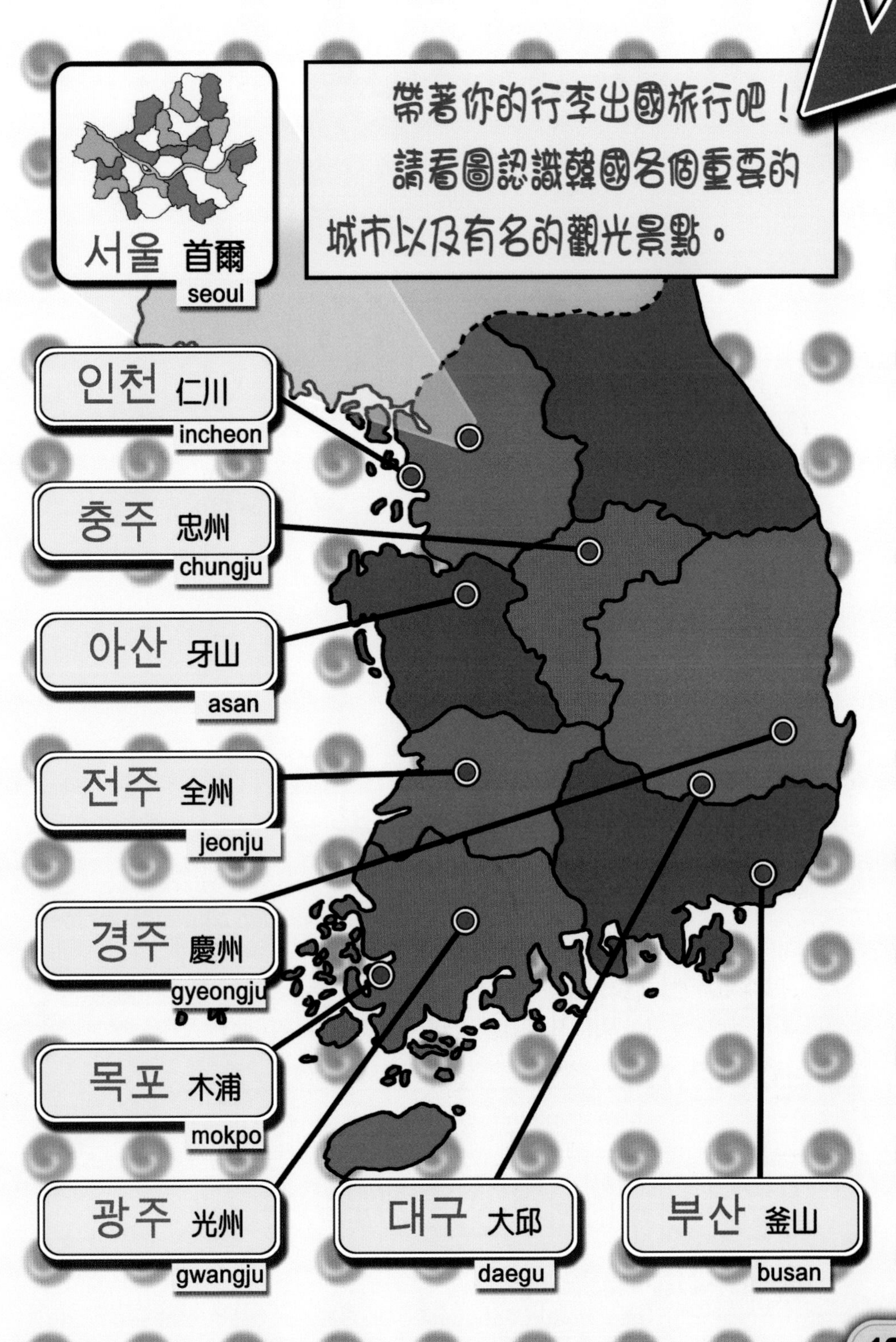

上車、下車及轉車

그분은 서울에서 버스를 타고 올라왔습니다.

她在首爾上車。

geubuneun seoureseo beoseureul tago ollawatseumnida

그분은 부산에서 버스를 내렸습니다.

她在釜山下車。

geubuneun busaneseo beoseureul naeryeotseumnida

그분은 대구에서 버스를 바꿔탔습니다.

她在大邱換車。

geubuneun daegueseo beoseureul bakkwotat seumnida

訂房時的詢問語句

빈 싱글룸 있습니까?

有空的單人房嗎?

bin singgeullum itseumnikka

빈 더블룸 있습니까 ?

有空的雙人房嗎?

bin deobeullum itseumnikka

나는 이방을 예약하려고 합니다.

我要訂這間房間。

naneun ibangeul yeyakhalyeogo hamnida

CD-25

25 世界各國 세계 각국

segyegakguk

你會用韓語說出世界各國的國名嗎？
韓語的「國家」是국가，「韓國」是
한국。在這個單元裡，讓我們一起來學習和
世界各國相關的韓語單詞吧！

한국 hanguk 韓國	중국 jungguk 中國	일본 ilbon 日本	아메리카 amerika 美國
독일 dogil 德國	프랑스 peurangseu 法國	러시아 reosia 俄羅斯	영국 yeongguk 英國
벨기에 belgie 比利時	덴마크 denmakeu 丹麥	이탈리아 itallia 義大利	네덜란드 nedeollandeu 荷蘭
폴란드 pollandeu 波蘭	포르투갈 poreutugal 葡萄牙	스웨덴 seuweden 瑞典	스위스 seuwiseu 瑞士
캐나다 kaenada 加拿大	스페인 seupein 西班牙	터키 teoki 土耳其	오스트리아 oseuteuria 奧地利

各國語言
언어
eoneo
한국어
韓語
hangungeo
한국사람
韓國人
hanguksaram
중국어
漢語
junggungeo
중국사람
中國人
jungguksaram
일본어
日語
ilboneo
일본사람
日本人
ilbonsaram
독일어
德語
dogireo
독일사람
德國人
dogirsaram
프랑스어
法語
peurangseueo
프랑스사람
法國人
peurangseusaram
영어 英語
yeongeo
미국사람
美國人
miguksaram
영국사람
英國人
yeongguksaram

世界各大洲

세계각주

segyegakju

世界各洲用韓語來表現是

세계각주

學完了世界各國的說法，也來學習各個大陸的韓語名稱。

유럽
歐洲
yureop
아시아
asia
亞洲
아프리카
非洲
apeurika
oseuteureillia
오스트레일리아
澳洲
北 북쪽
bukjjok
西
서쪽
seojjok
東
동쪽
dongjjok
南 남쪽
namjjok

CD-26
26 大自然 자연 jayeon

各種和
大自然相關
的單詞，你
會說嗎？
태양 taeyang
太陽
섬 seom
島嶼
잔디밭 jandibat
草地
바다 bada
海洋
꽃 花 kkot
잎 葉片 ip
하천
河流 hacheon

樹木的各個部分

1.열매 果實 yeolmae
2.가지 樹枝 gaji
3.작은 가지 細枝 jageun gaji
4.나무줄기 樹幹 namujulgi
5.뿌리 樹根 ppuri

27 天氣 날씨 nalssi

CD-27

氣象報告的時間到了！看氣象報告學韓語單詞吧！

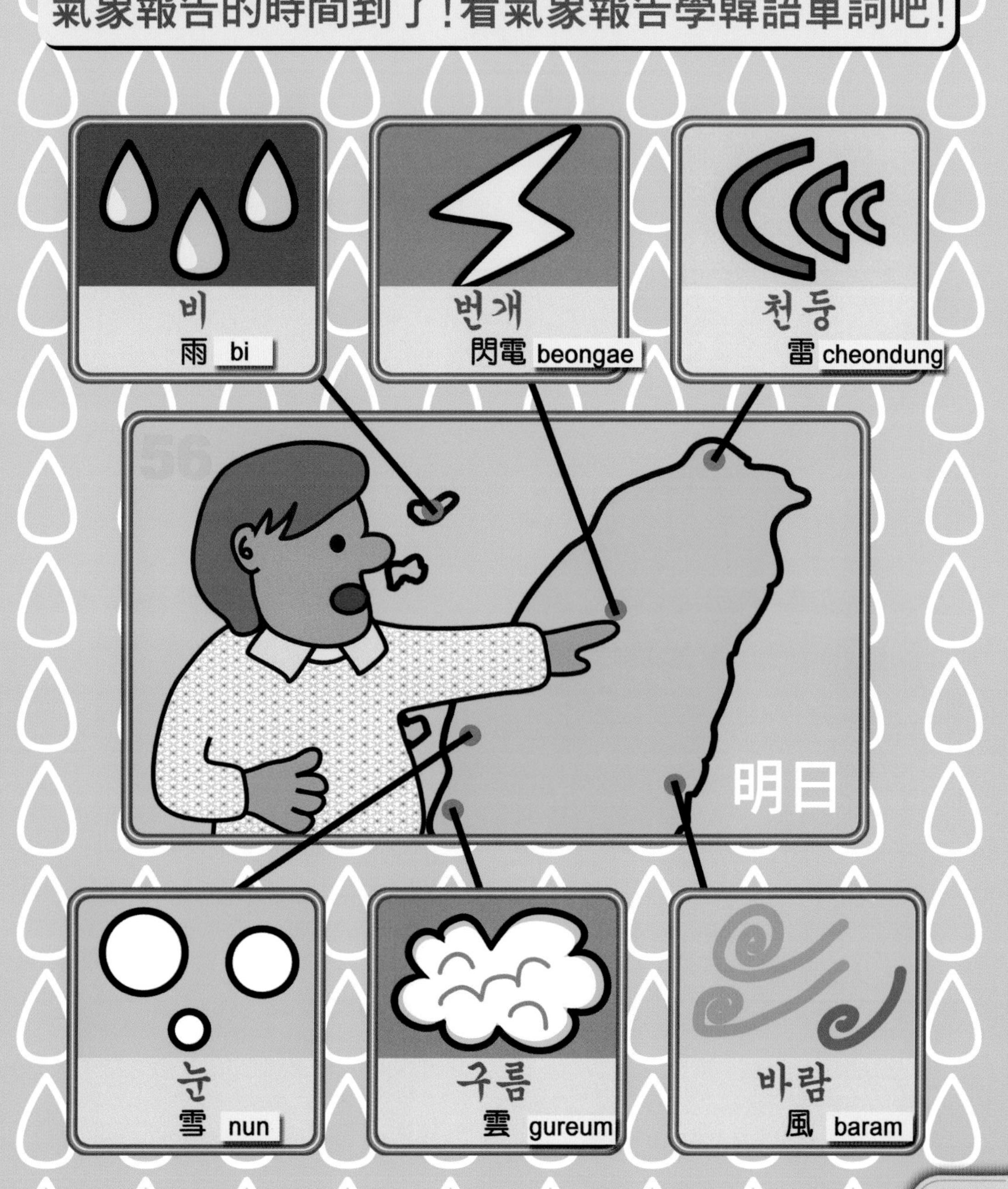

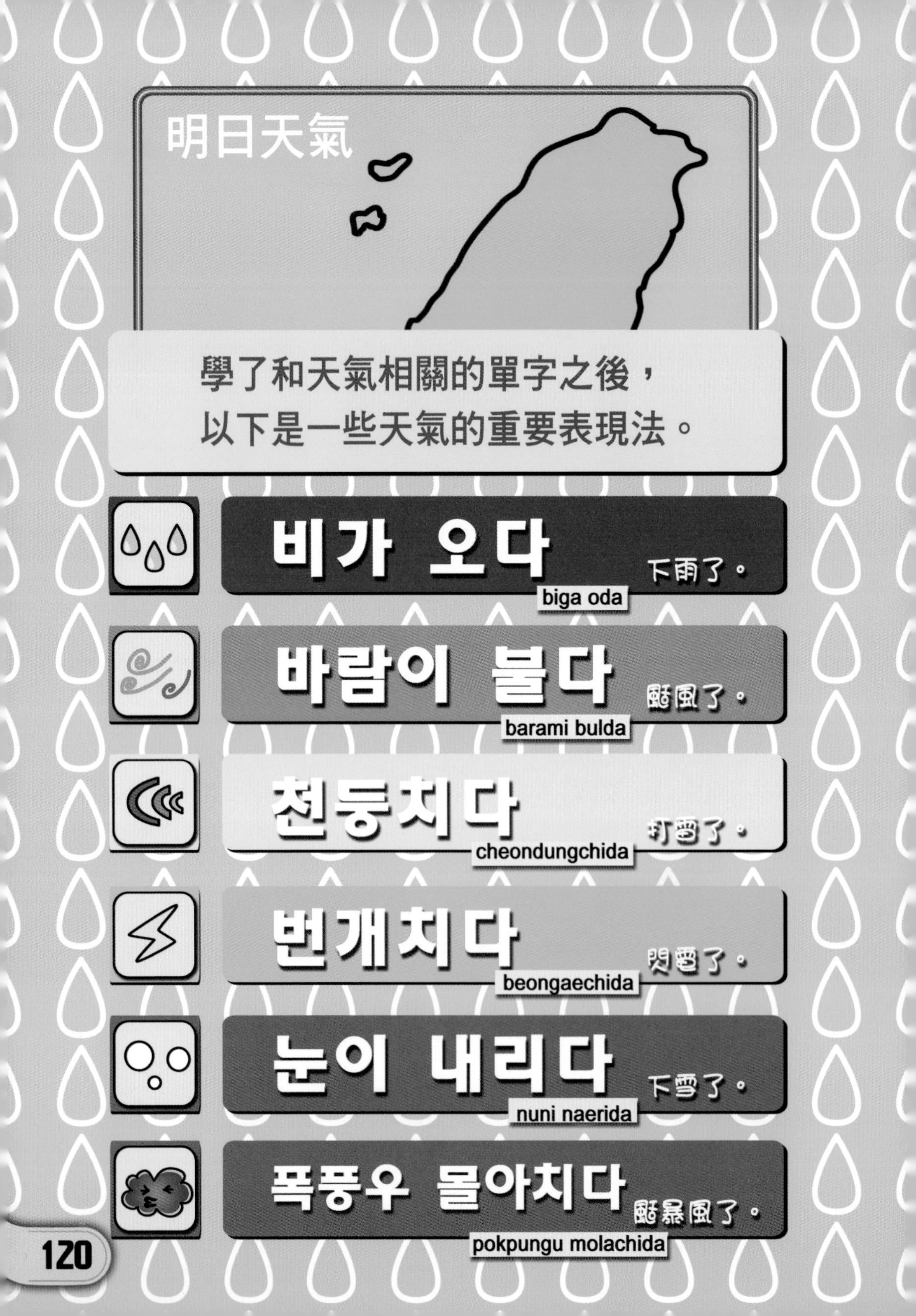
明日天氣
學了和天氣相關的單字之後，
以下是一些天氣的重要表現法。
비가 오다
下雨了。
biga oda
바람이 불다
颳風了。
barami bulda
천둥치다
打雷了。
cheondungchida
번개치다
閃電了。
beongaechida
눈이 내리다
下雪了。
nuni naerida
폭풍우 몰아치다
颳暴風了。
pokpungu molachida

28 宇宙 우주 uju

CD-28

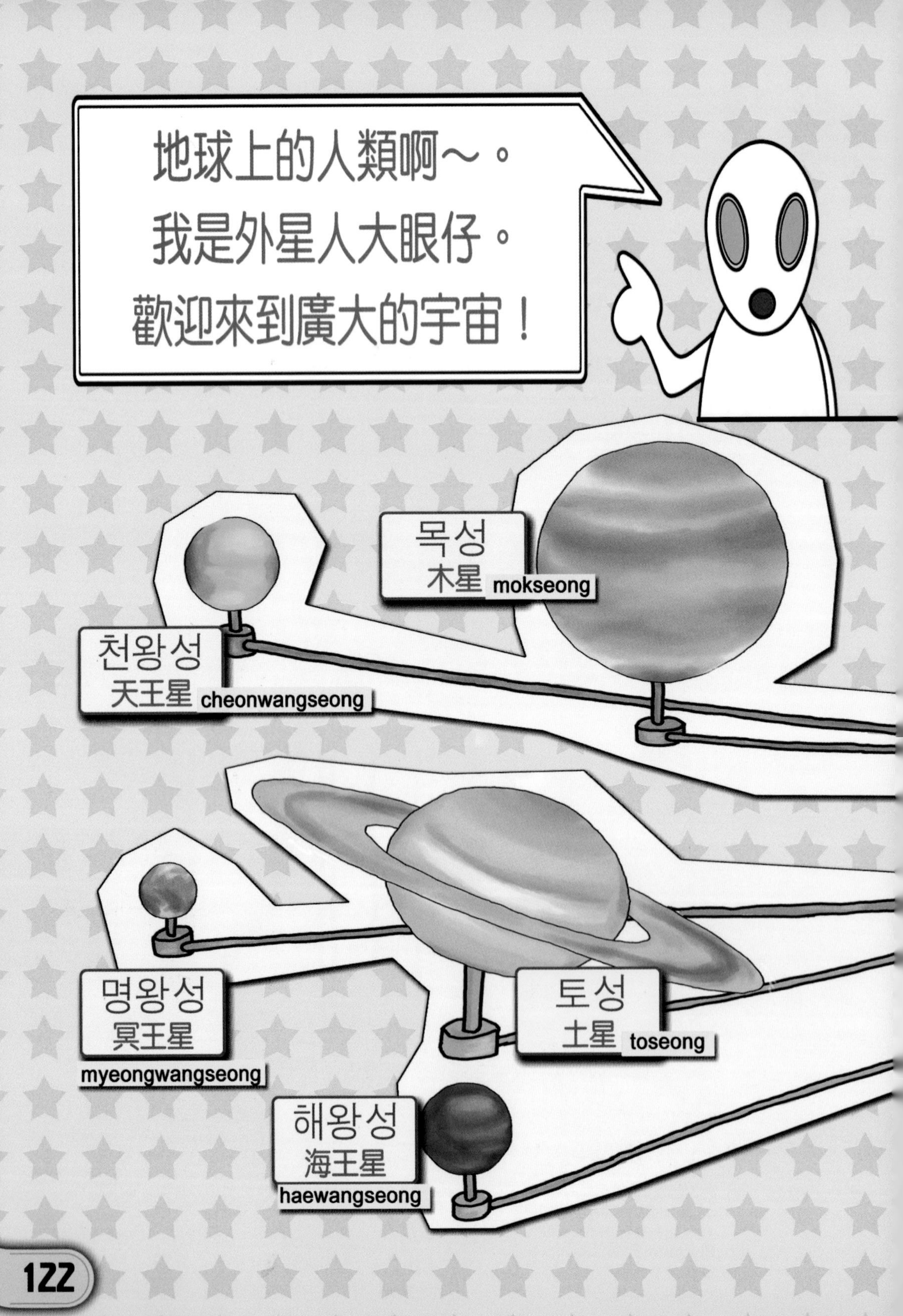

地球上的人類啊～。
我是外星人大眼仔。
歡迎來到廣大的宇宙！
목성
木星 mokseong
천왕성
天王星 cheonwangseong
명왕성
冥王星
myeongwangseong
토성
土星 toseong
해왕성
海王星
haewangseong

其他和宇宙有關係的單詞

태양계……….太陽系 taeyanggye
은하수……….銀河 eunhasu
유성………….流星、隕石 yuseong
혜성………….彗星 hyeseong

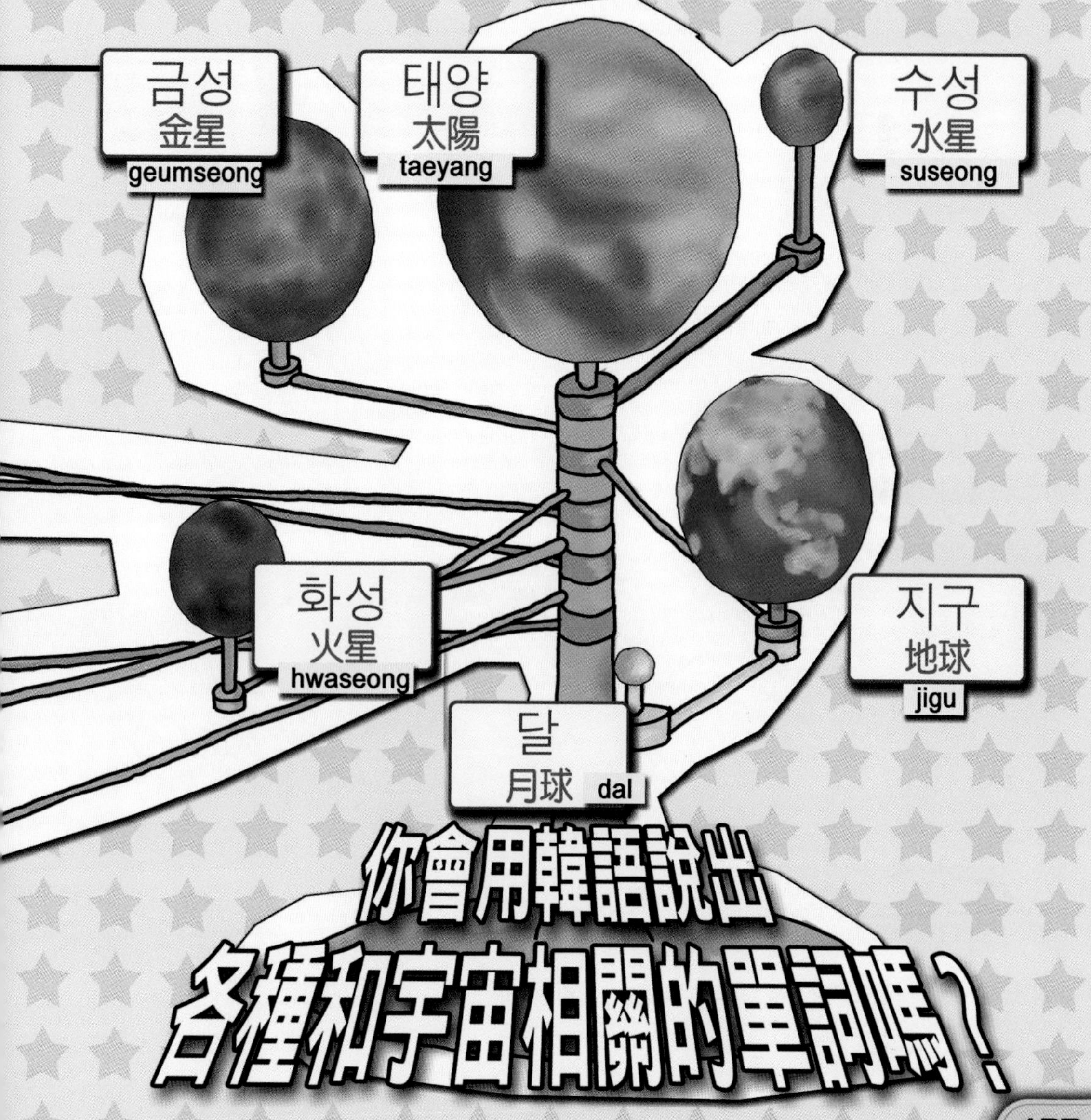

你會用韓語說出各種和宇宙相關的單詞嗎？

29 星座 별자리

CD-29

byeoljari

你是屬於什麼星座呢？
看著本單元的圖形，
來學習各個星座的說法吧！

양자리
牡羊座
yangjari

황소자리
金牛座
hwangsojari

쌍둥이자리
雙子座
ssangdungijari

게자리
巨蟹座
gejari

사자자리
獅子座
sajajari

처녀자리
處女座
cheonyeojari

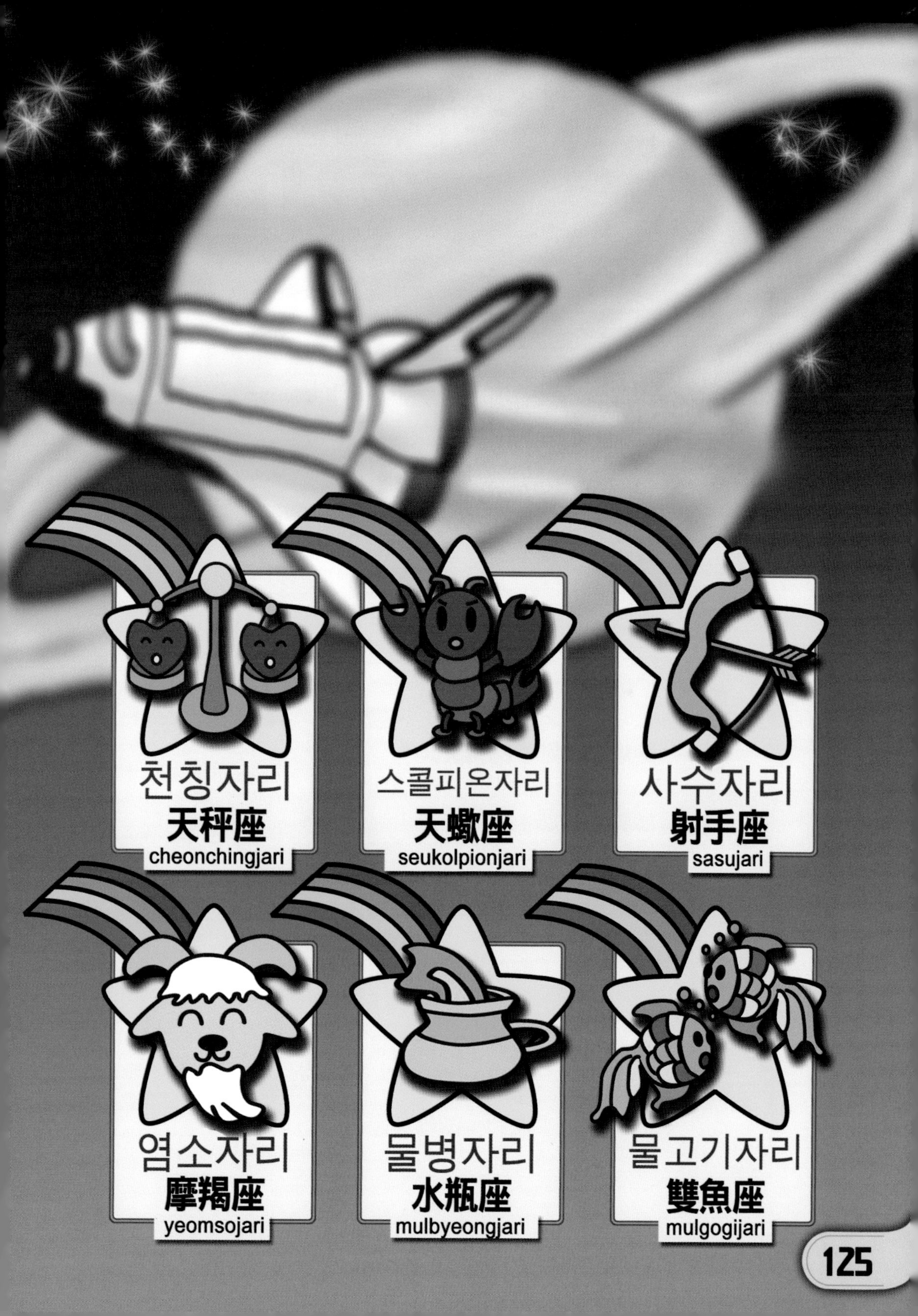
천칭자리
天秤座
cheonchingjari
스콜피온자리
天蠍座
seukolpionjari
사수자리
射手座
sasujari
염소자리
摩羯座
yeomsojari
물병자리
水瓶座
mulbyeongjari
물고기자리
雙魚座
mulgogijari

CD-30

30 人稱代名詞
인칭
inching

韓語即時通訊

好想學好韓語...（線上）

請看下面的表格學習人稱代名詞 ▼

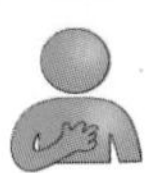

我說：「我」的韓文是「나」、「저」、「내」

你說：「你」的韓文是「너」、「그대」。
neo geudae

他說：「他」的韓文是「그이」、「그분」。
geui geubun

她說：「她」的韓文是「그녀」、「그분」。
geunyeo geubun

您說：「您」的韓文是「당신」。
dangsin

我們說：「我們」的韓文是「우리」、「저희」
uri jeohui

你們說：「你們」的韓文是「너희」。
neohui

他們說：「他們」的韓文是「그이들」。
geuideul

您們說：「您們」的韓文是「당신들」。
dangsindeul

나(我)的小檔案

我的：나의 naui
受格：나를 nareul
主格：내가 naega

너(你)的小檔案

所有格：너의 neoui
受格：너를 neoreul
主格：그대가 geudaega

本單元說明

本單元介紹各種人稱代名詞。每個人稱代名詞、所有格及其他代名詞的格式都很重要。請看著即時通訊的對話框來學習各個單詞。

그이(他)的小檔案

所有格：그의 geuui
受格：그이를 geuireul
主格：그가 geuga

그녀(她)的小檔案

所有格：그녀의 geuyyeoui
受格：그녀를 geunyeoreul
主格：그녀가 geunyeoga

당신(您)的小檔案

所有格：당신의 dangsinui
受格：당신을 dangsineul
主格：당신이 dangsini

우리(我們)的小檔案

所有格：우리의 uriui
受格：우리를 urireul
主格：우리가 uriga

너희(你們)的小檔案

所有格：너희들의 neohuideului
受格：너희들을 neohuideuleul
主格：너희들이 neohuideuli

그들(他們)的小檔案

所有格：그들의 geudeurui
受格：그들을 geudeureul
主格：그들이 geudeuri

당신들(您們)的小檔案

所有格：당신들의 dangsindeurui
受格：당신들을 dangsindeureul
主格：당신들이 dangsindeuri

CD-31

31 打招呼用語
인사용어

insayongeo

哈囉！...你好嗎？
讓我們一起來學習韓語的
打招呼用語吧！

早上碰到朋友，十點以前說：

좋은 아침이에요! 早安！

joeun achimieyo

平常碰到任何人，打招呼說：

안녕하세요! 你好！

annyeonghaseyo

晚上向人打招呼，可以說：

좋은 저녁이에요! 晚上好！

joeun jeonyeogieyo

睡覺之前，可以說：

안녕히 주무세요! 晚安！

annyeonghi jumuseyo

안녕! 哈囉！
anyueong
jal osyeotseumnida
잘 오셨습니다! 歡迎！
내일 또 뵙겠습니다! 明天見！
naeil tto boepgetseumnida
또 만나요! 再見！
tto mannayo
안녕! 再見！
annyeong
아쉬워요! 好可惜！
jeulgeoun sigan bonaesigireul baramnida
역시나! 原來如此！
yeoksina
收到別人的禮物，或想要表達感謝的時候可以說：
고맙습니다! 謝謝！
gomapseumnida
천만에요! 不客氣！
cheonmaneyo
不小心打破杯子，或想要表達歉意的時候可以說：
mianhamnida
미안합니다! 對不起！
괜찮아요! 沒關係！
gwaenchanayo
路上碰到認識的人，想問對方好不好的時候可以說：
요즘은 어떻습니까? 您好嗎？
yojeumeun eotteoseumnikka
매우 좋습니다. 我很好。
maeu joseumnida

CD-32

32自我介紹
자기소개

jagisogae

你要做自我介紹嗎？本單元要介紹和這個主題相關的句子...

당신은 무슨나라 사람입니까?

您是哪裡人呢？

dangsineun museunarasaramimnikka

저는 + 國家名사람 + 입니다.

저는 한국사람입니다.

我是韓國人。

jeoneun hanguksaramimnida

要問對方的名字時，可以說...

당신은 이름이 무엇입니까?

您叫什麼名字？

dangsineun ireumi mueotimnikka

저는 + 姓名 + 입니다.

저는 김희진입니다.

jeoneun gimhuijinimnida

我叫金熙珍。

나의이름은 + 姓名 + 입니다.

나의 이름은 김희진입니다.

nauiireumeun gimhuijinimnida

我的名字是金熙珍。

要問對方年紀時，用這句話...

몇 살입니까?

您幾歲呢？

myeotsarimnikka

저는 + 數字살 + 입니다.

저는 열여덟살입니다.

jeoneun yeoryeodeolsarimnida

我十八歲。

33 數字 숫자 sutja

CD-33

哈哈，玩撲克牌的時間到了！讓我們一面玩著撲克牌，一面學習韓語的數字說法吧！

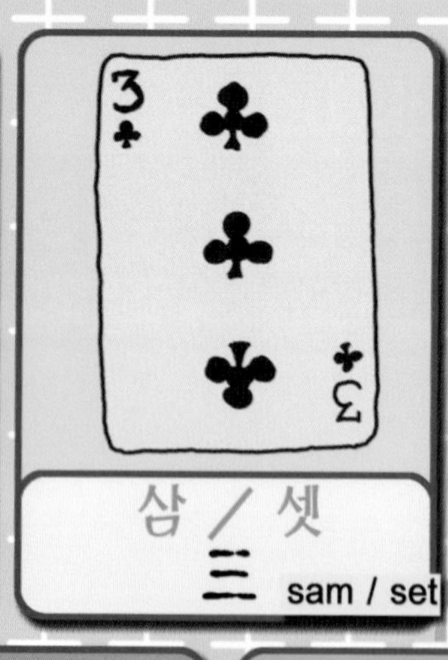

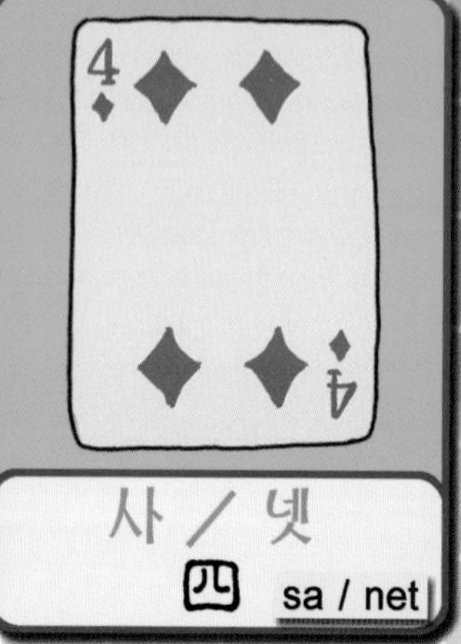

육 / 여섯
六
ryugyuk / yeoseot
팔 / 여덟
八
pal / yeodeol
십 / 열
十
sip / yeol
칠 / 일곱
七
chil / ilgop
구 / 아홉
九
gu / ahop

更多更多的數字

打完撲克牌，
現在來玩撞球啦！
利用這些撞球，
來學習更多的韓語數字。

11	12	13	14
sibil / yeolhana	sibi / yeoldul	sipsam / yeolset	sipsa / yeollet
십일 / 열하나	십이 / 열둘	십삼 / 열셋	십사 / 열넷

15	16	17	18
sibo / yeoldaseot	simnyuk / yeoryeoseot	sipchil / yeorilgop	sippal / yeoryeodeol
십오 / 열다섯	십육 / 열여섯	십칠 / 열일곱	십팔 / 열여덟

19
sipgu / yeorahop
십구/열아홉

20
isip
이십/스물

21
isibil
이십일/스물

22
isibi
이십이/스물둘

30
samsip
삼십/서른

31
samsibil
삼십일/서른하나

32
samsibi
삼십이/서른둘

40
sasip
사십/마흔

49
sasipgu
사십구/마흔아홉

50
osip
오십/쉰

60
ryuksibyuksip
육십/예순

70
chilsip
칠십/일흔

75
chilsibo
칠십오/일흔다섯

80
palsip
팔십/여든

90
gusip
구십/아흔

100
baek
백

序數及分數

제일
第一的
jeil

제이
第二的
jei

제삼
第三的
jesam

你喜歡跑步嗎？現在來到了運動場，試試看說出誰跑第一、誰又跑第二呢？

運完動以後，來吃個蛋糕吧！一面吃蛋糕，一面學習韓語分數的講法。

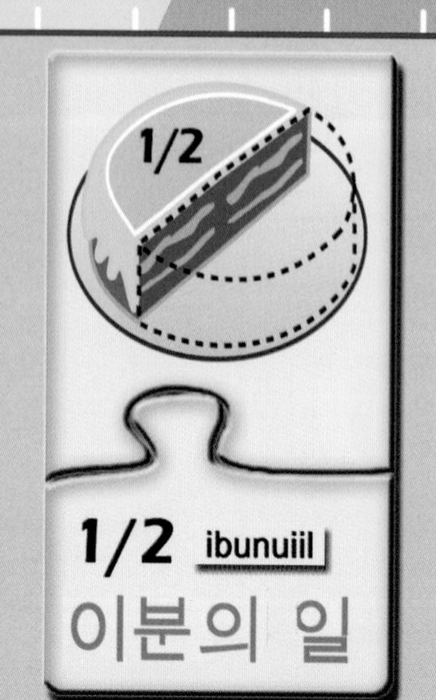

1/2 ibunuiil
이분의 일

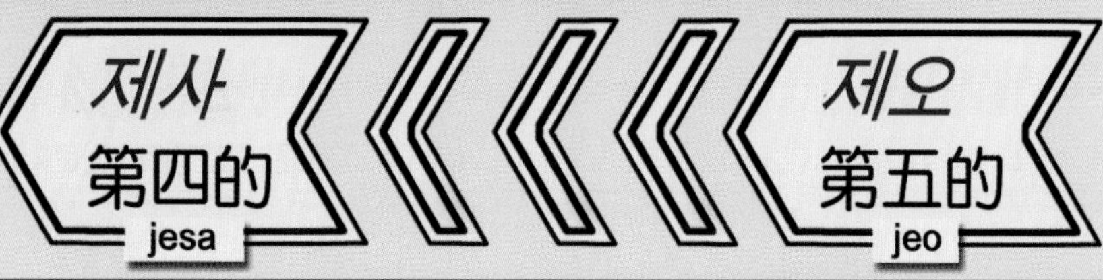

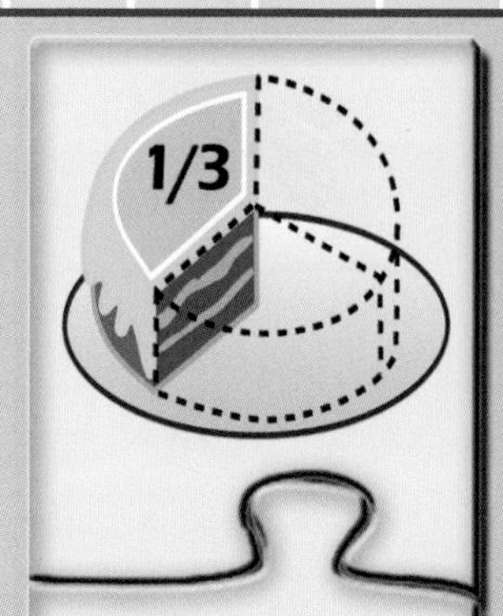

1/3 sambunuiil

삼분의 일

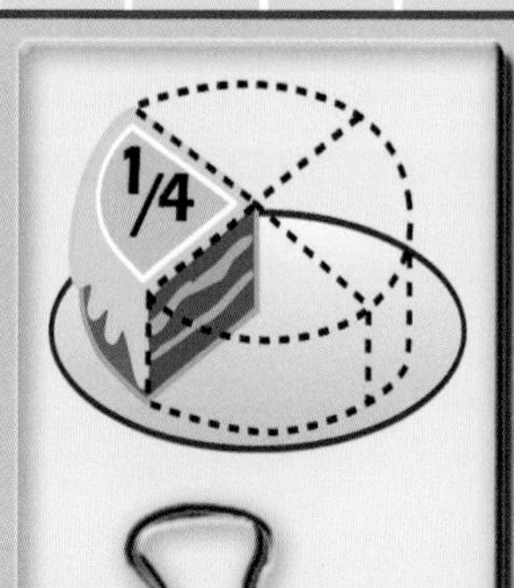

1/4 sabunuiil

사분의 일

3/4 sabunuisam

사분의 삼

34 形狀 형태 hyeongtae

CD-34

上課了！同學們，看著黑板上的圖形，來學習用韓語說出各種形狀。

사각형
四邊形
sagakhyeong

삼각형
三角形
samgakhyeong

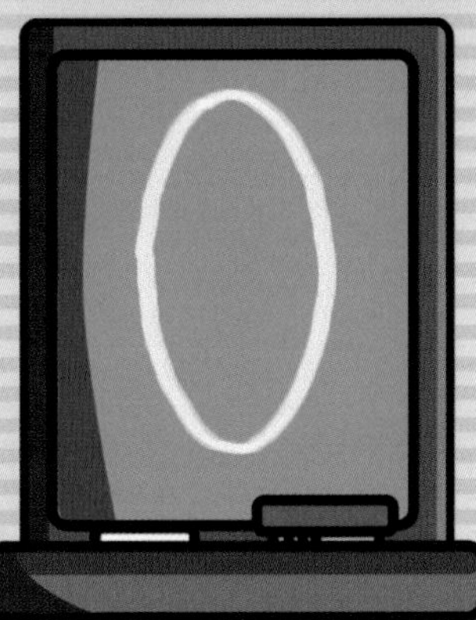

타원형
橢圓形
tawonhyeong

원형
圓形
wonhyeong

입방체
立方體
ipbangche

원구체
圓球體
wonguche

원기둥체
圓柱體
wongidungche
원뿔
圓錐體
wonbbul
각뿔
角錐體
gakbbul

35 顏色 색깔 saekggal

CD-35

調皮搗蛋的小朋友把各種顏色的油漆倒的到處都是。

你會用韓語說出這些油漆的顏色嗎？

빨강	주황	노랑	파랑
紅色	橘色	黃色	綠色
ppalgang	juhuang	norang	parang

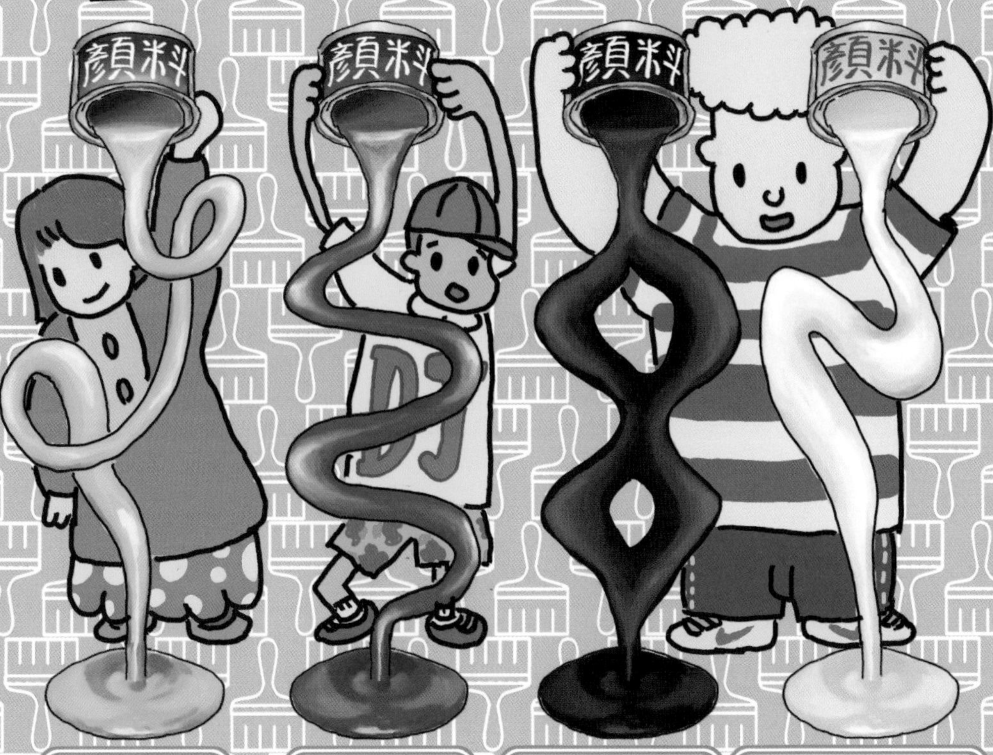

남색 藍色 namsaek	보라 紫色 bora	흑색 / 검다 黑色 heuksaek / geomda	백색 / 하얗다 白色 baeksaek / hayata

除了上頁介紹的各種顏色以外，還有更多關於顏色的單詞。看看下面的花朵，學習如何用韓語說出這些花的顏色。

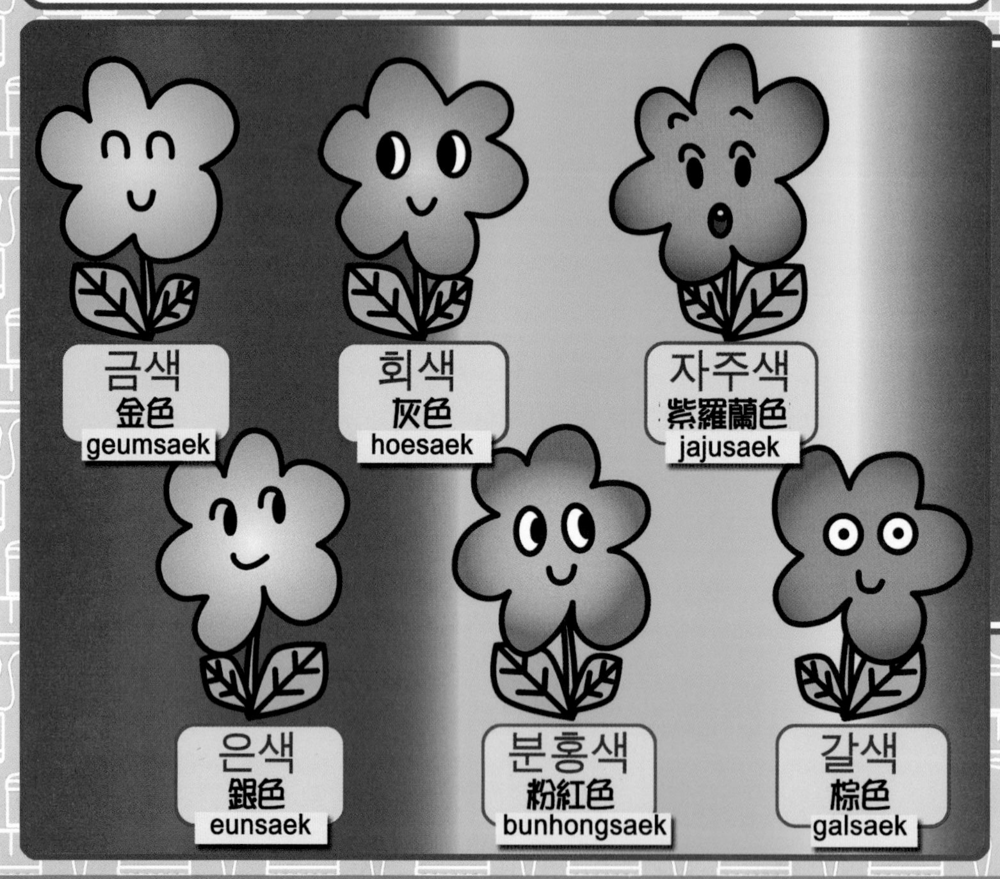

各種和顏色相關的單詞

깊은 gipeun 深色的	yeolbeun 엷은 淺色的
단색 dansaek 單色的	chaesaek 채색 彩色的

韓國國旗的顏色

韓國的國旗又稱作「太極旗」，除了八卦中的四個卦相以外，中間有一個太極的符號。

四個卦相由左至右由上到下分別是乾、離、坎、坤卦，分別代表著天、日、月及地。

除此之外，呈現著和諧、平衡的太極圖案中，紅色則是代表陽性，藍色則是代表陰性。

36 時間 시간 sigan

CD-36

오늘은 무슨 요일입니까?

今天星期幾？ oneureun museunyoirimnikka

오늘은 수요일입니다.

今天禮拜三。 oneureun suyoirimnida

在這個單元裡面，我們介紹各種和時間相關的表現法。你會用韓語問別人今天禮拜幾嗎？

用韓文詢問日子時，可以用「오늘은 무슨 요일입니까?」這樣的問句。

年份
년 nyeon

一星期的七天
날 nal

週一 월요일 woryoil

週二 화요일 hwayoil

週三 수요일 suyoil

週四 목요일 mogyoil

週五 금요일 geumyoil

週六 토요일 toyoil

週日 일요일 iryoil

你會用韓語詢問今天是幾月幾號嗎？

想要用韓文問這樣的問題可以用下面的句子：

오늘은 며칠입니까?

手錶上的時間

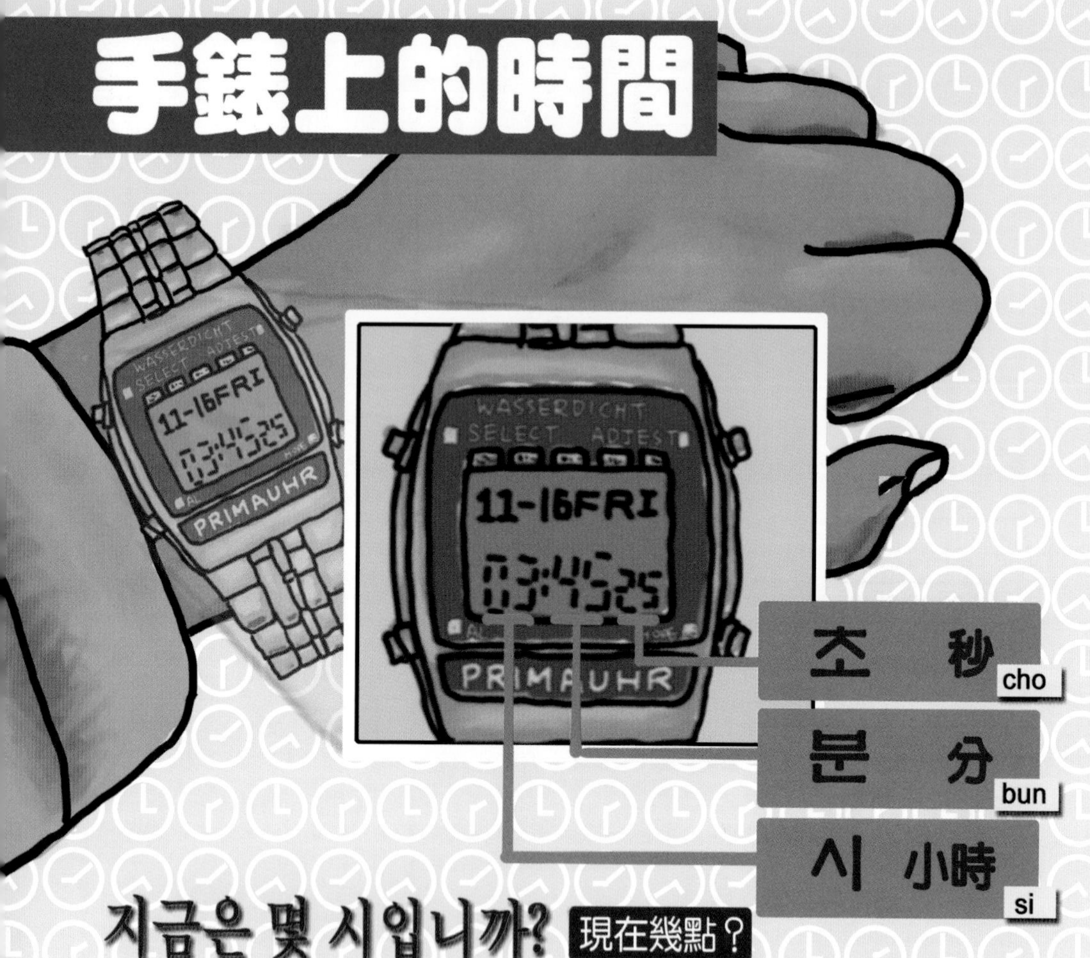

지금은 몇 시입니까? 現在幾點？
jigeumeun myeotsiimnikka

지금은 세시 사십오분입니다.
jigeumeun sesi sasibobunimnida
現在是三點四十五分。

用韓語詢問時間

韓語的「秒」是초，「分」是분，「小時」是시。

用韓語詢問時間，可以用지금은 몇 시입니까?這樣的問句。回答的時候，可以用 지금은 + 時間 這樣的句型來告訴別人當時的時間。

韓語時間的表達法

지금은 ...
jigeumeun

여덟시입니다.
yeodeolsiimnida

열시 사십오분입니다.
yeolsi sasibobunimnida

두시 십오분입니다.
dusi sibobunimnida

네시 칠분입니다.
nesi chilbunimnida

여덟시 오십칠분입니다.
yeodeolsi osipchilbunimnida

한 시반 입니다.
hansibanimnida

用韓語回答現在的時間

在前面的單元裡，我們介紹過數字的說法，現在配合本單元的主題，來說出各個不同的時間。

일찍 도착하다
iljjik dochakada
早到

정각에 오다
jeonggage oda
準時來

늦다
neutda
遲的

▶기차가 정각에 왔습니다. 火車準點。
gichaga jeonggage watseumnida

▶기차가 늦었습니다. 火車遲到了。
gichaga neujeotseumnida

▶기차가 일찍 도착했습니다. 火車早到了。
gichaga iljjik dochakaetseumnida

走慢了
neutda

準時的
matchuda

走快了
ppareuda

停住不走
meomchuda

▶나의시계는 늦습니다. 我的錶慢了。
nauisigyeneun neutseumnida

▶나의시계는 잘 맞습니다. 我的錶很準。
nauisigyeneun jal matseomnida

▶나의시계는 빠릅니다. 我的錶快了。
nauisigyeneun ppareomnida

▶나의시계는 멈췄습니다. 我的錶停了。
nauisigyeneun meomchwotseumnida

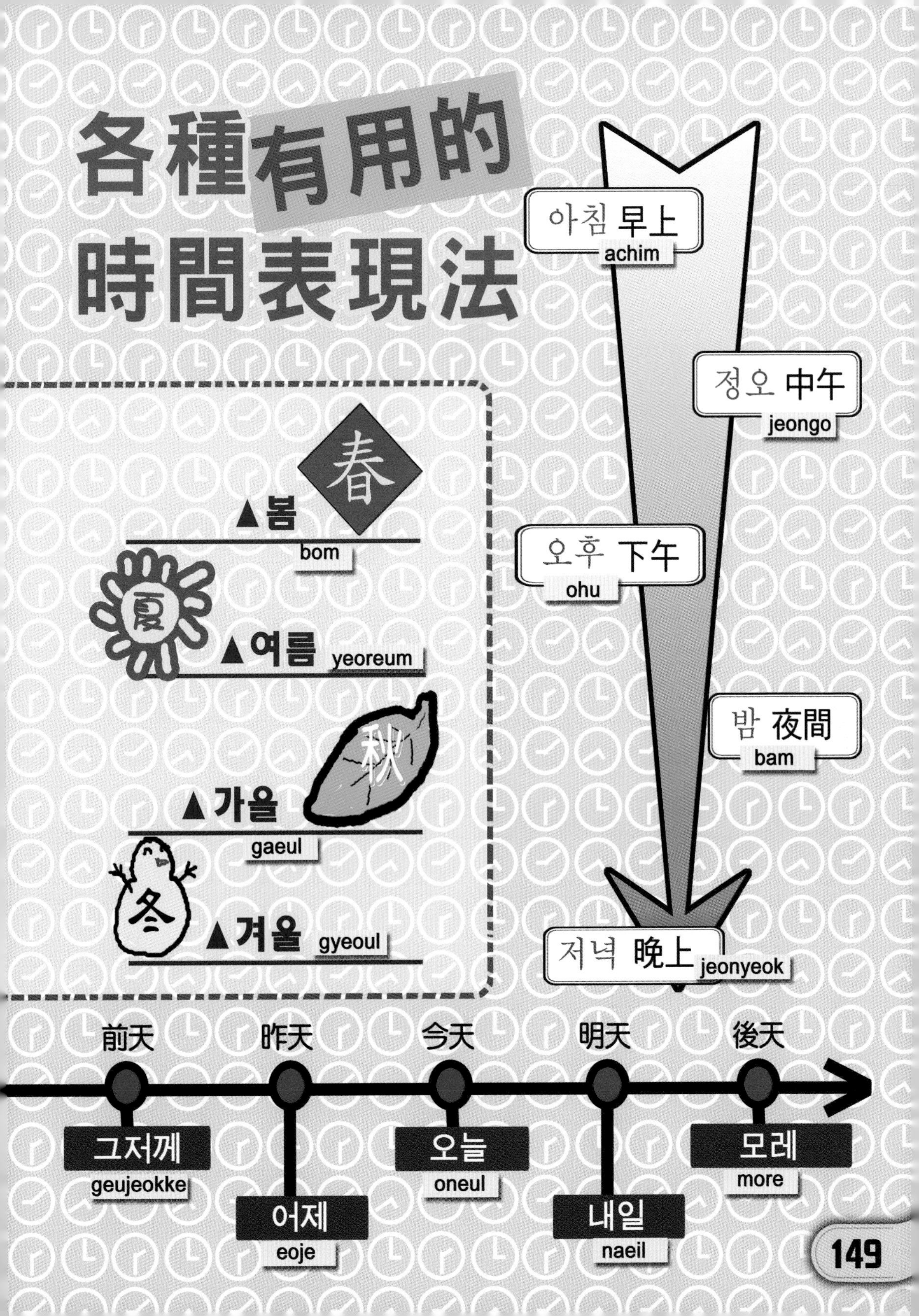
各種有用的
時間表現法
아침 早上
achim
정오 中午
jeongo
오후 下午
ohu
밤 夜間
bam
저녁 晚上
jeonyeok
春
▲봄
bom
夏
▲여름 yeoreum
秋
▲가을
gaeul
冬
▲겨울 gyeoul
前天
그저께
geujeokke
昨天
어제
eoje
今天
오늘
oneul
明天
내일
naeil
後天
모레
more

37 節日　절일

CD-37

jeolgi

在筆記本上面記下了好多節日的韓語說法。現在把所有的頁面都撕下來放在桌上。來個總複習，記下各種節日的說法。

국경일
國慶日
gukgyeongil

발렌타인데이
ballentaindaei
情人節

생일
生日
saengnil

생일축하합니다
生日快樂
saengnilchukhahabnida

여름방학
暑假
yeoreumbanghak

겨울방학
寒假
gyeoulbanghak

看圖畫這麼簡單 我也想學日語了

魏 巍◎繪著

3A85

日語大獻寶 哈日族自學手冊

學了韓語之後，還想要學日語嗎？

→互動光碟 快速學習

→搭配CD 效果倍增

→圖解發音 輕鬆入門

→附贈單字練習本

國家圖書館出版品預行編目資料

韓語大獻寶 哈韓族自學手冊／魏巍、彭尊聖編著.--初版.--臺北市：書泉,2009.06

面； 公分.

ISBN 978-986-121-480-1（平裝附光碟片）

1.韓語 2.詞彙

803.22 98005025

3A86

韓語大獻寶 哈韓族自學手冊

編著者— 魏 巍、彭尊聖

發行人— 楊榮川

總編輯— 王翠華

主　編— 魏 巍

插　畫— 魏 巍

封面設計— 魏 巍

出版者— 書泉出版社

地　址：106台北市大安區和平東路二段339號4樓

電　話：(02)2705-5066　傳　真：(02)2706-6100

網　址：http://www.wunan.com.tw

電子郵件：shuchuan@shuchuan.com.tw

劃撥帳號：01303853

戶　名：書泉出版社

經銷商：朝日文化

進退貨地址：新北市中和區橋安街15巷1號7樓

TEL：(02)2249-7714　FAX：(02)2249-8715

法律顧問　林勝安律師事務所　林勝安律師

出版日期　2009年6月初版一刷

2016年9月初版三刷

定　價　新臺幣280元

韓語大獻寶

MP3 / CD 曲目

曲目01　韓語發音
曲目02　身體
曲目03　動作
曲目04　外貌
曲目05　情緒
曲目06　家庭
曲目07　住家
曲目08　教室
曲目09　文具
曲目10　食物
曲目11　味道
曲目12　蔬菜
曲目13　水果
曲目14　職業
曲目15　建築物
曲目16　信件
曲目17　病痛
曲目18　衣物
曲目19　交通
曲目20　動物
曲目21　興趣
曲目22　音樂
曲目23　運動
曲目24　韓國
曲目25　世界各國
曲目26　大自然
曲目27　天氣
曲目28　宇宙
曲目29　星座
曲目30　人稱代名詞
曲目31　打招呼用語
曲目32　自我介紹
曲目33　數字
曲目34　形狀
曲目35　顏色
曲目36　時間
曲目37　節日

光碟使用方法

播放互動光碟：

按左下角的開始進入[我的電腦]
在本光碟上方按右鍵看到選單
選取[自動播放]

播放CD音訊檔：

按左下角的開始進入[我的電腦]
在本光碟上方按右鍵看到選單
選取[播放]或是[play]

播放mp3音訊檔：

按左下角的開始進入[我的電腦]
在本光碟上方按右鍵看到選單
選取[開啓]
找到mp3資料夾即可播放

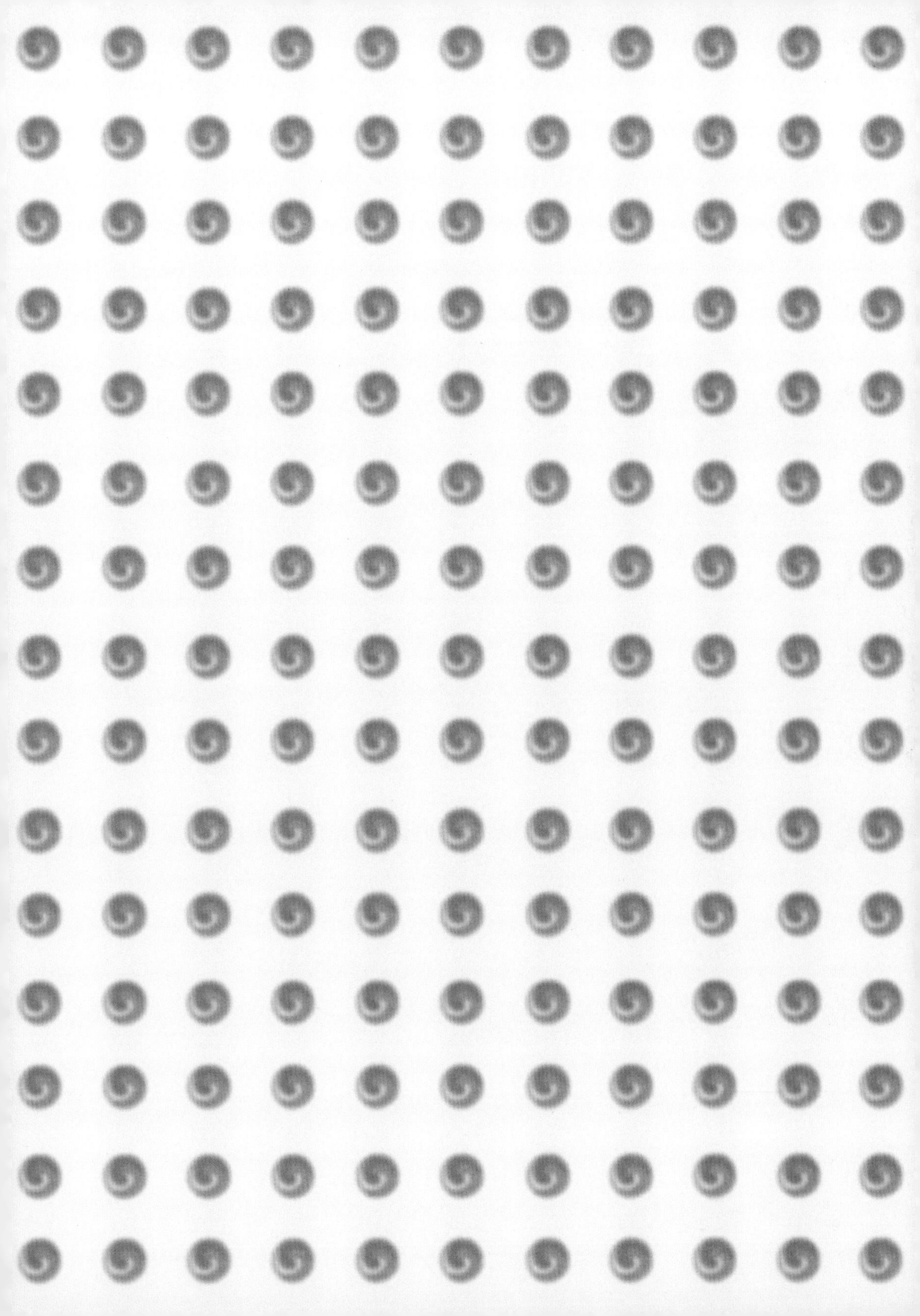